JN232995

また逢おうと竜馬は言った

成井豊

論創社

また逢おうと竜馬は言った

写真撮影
タカノリュウダイ（カバー）
伊東和則（本文）
ブックデザイン
ヒネのデザイン事務所＋森成燕三

目次

また逢おうと竜馬は言った

SEE YOU AGAIN, MY RYOMA SAID

登場人物

岡本　（ツアーコンダクター）
坂本竜馬
ケイコ　（本郷の妻・イラストレーター）
本郷　（岡本の同僚）
棟方　（美術商）
石倉　（旅行客）
時田　（棟方の部下）
小久保課長　（岡本の上司）
さなえ　（岡本の先輩）
カオリ　（ケイコの妹）
伸介　（カオリの夫・サラリーマン）
千葉さな子
土方歳三

1

文久三年十二月三十日夜、京橋桶町千葉道場。
暗闇の中から、黒の紋付きに仙台平の袴、腰に大小二本を差した、長身の武士が現れる。坂本竜馬、数え歳で二十九。後を追って、着物姿の娘が現れる。千葉さな子、数え歳で二十八。

さな子　坂本様。
竜馬　（振り返って）さな子殿。こんな夜更けに何用です。
さな子　坂本様こそ、お一人でどちらへ。
竜馬　品川へ。そこから船に乗って、西へ向かうつもりです。
さな子　江戸へはいつ、お戻りに？
竜馬　わかりませんな。都では近頃、新選組という人斬り集団が評判になっちょる。わしのような脱藩浪人を見つけると、有無も言わさず、斬りかかってくるらしい。わしも黙って斬られる気はないが、人には天命というものがある。運が良ければ、また逢う日もありましょう。（と歩き出す）
さな子　お待ちください。

竜馬　（立ち止まって）船は夜明け前に出る。急がねば乗り遅れる。
さな子　しばし、お待ちを。坂本様に、申し上げたい儀がございます。
竜馬　ならば、さっさと言うがよい。
さな子　あの……。
竜馬　大分言いにくいことのようですな。
さな子　坂本様のお顔を見ておりますと、言葉が出ませぬ。
竜馬　ならば、後ろを向きましょう。わしの背中に言いなされ。
さな子　でも……。
竜馬　さな子殿は、女とはいえ、北辰一刀流の免許皆伝者ではないか。気を籠めて、すらりと言いなされ。
さな子　申します。そのかわり、坂本様も、いつものように茶化したりはなさらないで、ちゃんとご返事をしてくださいませ。
竜馬　返事をすればよいのですな。さあ。
さな子　私を、お嫁様にしてはいただけませぬか。
竜馬　わしの、ですかな？
さな子　ずっとお慕い申しておりました。お嫁にしていただけなければ、さな子は死にます。
竜馬　命を粗末にしてはなりませんぞ。
さな子　初めて竹刀を合わせた日から、さな子は心に決めておりました。
竜馬　いやあ、知らなんだ。わしのごとき者を、そこまで想うてくださっておったとは、不埒

さな子　にも存じませなんだ。
竜馬　本当にご存じなかったのでございますか。
さな子　冗談じゃと思うちょった。
竜馬　まあ。
さな子　しかし、さな子殿、わしは今、あなたが欲しゅうない。欲しいのは、自由自在な境涯じゃ。脱藩してそれを得た。女房をもらうことで、それを失いたくはない。
竜馬　坂本様の足手まといになるような真似は致しませぬ。
さな子　後家になるぞ。
竜馬　構いませぬ。
さな子　あなたは構わぬと言うかもしれんが、わしはかなわん。志士ハ溝壑ニ在ルヲ忘レズ、勇士ハソノ元ヲ喪フヲ忘レズ。
竜馬　どういう意味です。
　志を持って天下を動かそうとする者は、自分の死骸が溝っぷちに捨てられている情景を決して忘れるな。勇気ある者は、自分の首がなくなっている情景を常に覚悟せよ、ということです。それでなければ、男子の自由は得られん。

竜馬が紋付きの片袖を引き裂く。

さな子　何をなさるのです。

竜馬　わしは何も持っておらぬ。じゃから、これをもろうてくれ。
さな子　なぜ、これを私に？
竜馬　形見じゃ。この身は、いつこの世から消えるかもしれぬ。その時の記念品でござる。
さな子　この片袖が、坂本様のご返事ですか？
竜馬　（うなずいて）竜馬の感激のシルシと思ってください。
さな子　坂本様……。

そこへ、岡本が現れる。手には文庫本。

岡本　カッコいい……。
竜馬　そうか？
岡本　何回読んでも、ゾクゾクする。やっぱ、竜馬は男の中の男だよ。
竜馬　そうか？
岡本　だってさ、竜馬はさな子さんが好きだったんだろう？　そのさな子さんに、「嫁にしてくれ」って言われて、よく我慢できたと思う。
竜馬　男にはのう、女よりずっと大事なものがあるのよ。
岡本　わかってるよ。仕事だろう？
竜馬　世に生を得るは事を成すにあり。
岡本　カッコいい……。

竜馬　何度も言うな、べこのかあ。
さな子　坂本様、何をブツブツ言っておいでです。
竜馬　さな子殿、世に生を得るは事を成すにあり、です。
さな子　坂本様の成すべき事とはなんですか。
竜馬　屋台骨のゆるんだ幕府を倒して、新しい日本を作る。
さな子　新しい日本ができるまで、さな子はいつまでも待ちます。
竜馬　それまで命があれば。
さな子　坂本様。
竜馬　さな子殿、また逢おう。

さな子がうなずく。走り去る。

岡本　これだよ。やっぱ、男はこうでなくちゃ。女なんかの一人や二人、いちいち気にしてちゃダメなんだ。そうだよな、竜馬?
竜馬　その科白、前にも聞いたぜよ。
岡本　え?　そうだっけ?
竜馬　おまんとは長い付き合いじゃきに。
岡本　(本を見て)こいつを初めて読んだのは、高校一年の時だったかな。
竜馬　今年でいくつになる。

岡本　二十六。てことは、もう十年になるのか。
竜馬　数えで二十七か。わしが武市と勤王党を作った歳じゃな。
岡本　（本を示して）見ろよ。あれからもう何十回も読み返してるから、手垢で真っ黒だ。
竜馬　その十年の間に、おまんは何度も「女なんか」と叫んだ。
岡本　え？　そうだっけ？
竜馬　ごまかしても無駄じゃ。おまんがさっきの場面を読み返すのは、決まって女に振られた時よ。
岡本　違います。俺はこの本を、毎月一回、読み返すことにしてるんです。
竜馬　ちゅうことは、毎月一回、振られるわけか。
岡本　俺はそんなに悲しい男じゃない。
竜馬　正直に言え。例の年上の女に、「あなたって最低」とか何とか言われたんじゃろう。
岡本　……ああ。
竜馬　一体何をやらかしたんじゃ。「わしの嫁になってくれ」と抱きついたのか。
岡本　誰がそんなことするもんか。相手は会社の先輩なんだぞ。
竜馬　先輩じゃろうが後輩じゃろうが、女に変わりはなかろうが。
岡本　物事には順序ってものがあるんだよ。初めてのデートでいきなり抱きついてみろ。ぶん殴られるに決まってる。
竜馬　でーととはなんじゃ。
岡本　竜馬の時代で言ったら、逢い引きってことになるかな。

竜馬　ほう。ついにそこまで漕ぎつけたのか。あの女がよくウンと言うたな。
岡本　彼女の友達から情報を仕入れたんだ。会社ではバリバリのキャリアウーマンて顔をしてるけど、実は遊園地が大好きだって。「一緒にジェットコースターに乗ろう」って誘えば、一発だって。
竜馬　じぇっとこーすたーとはなんじゃ。
岡本　遊園地に置いてある、とっても恐ろしい乗り物だよ。
竜馬　おまん、乗り物は苦手じゃったろう。
岡本　だから、俺は乗らないで、下で待ってるつもりだったんだ。でも、彼女が、「一緒に乗らないなら帰る」って言うから。
竜馬　まさかとは思うが、吐いたのか。
岡本　吐いた。「大丈夫？」って俺の顔を覗き込んだ、彼女の顔に。（と泣く）
竜馬　泣くな、泣くな。女は男の足に鉄の鎖をはめる。男の自由を奪うんじゃ。おまんは振られてよかったのよ。
岡本　そうだよな。世に生を得るは事を成すにあり、だもんな。女なんかに振り回されてたら、自分の成すべき事ができなくなるんだ。
竜馬　おまんの成すべき事は何じゃ。
岡本　楽しい旅のお手伝い。
竜馬　何じゃ、そりゃ。
岡本　話をしたろう？　俺の仕事は、ツアコンなんだよ。

竜馬

そのことなんじゃがな。つあーこんだくたーというのは、そんなに価値のある仕事なのか？　新しい日本を作るのに、役に立つのか？

2

そこへ、ケイコがやってくる。頭には帽子、肩にはバッグ。

ケイコ　ねえ、あなた、岡本さんじゃない？
岡本　え？

飛行機が離陸する音。と同時に、周囲が明るくなる。竜馬の姿はどこにもない。

ケイコ　そうでしょう？　岡本さんよね？
岡本　……本郷の奥さん？
ケイコ　イヤだ、奥さんなんて呼ぶのはやめて。私の名前は、ケイコ。
岡本　ケイコさん、こんな所で何してるんですか？
ケイコ　ごはんを食べてたのよ、そこのレストランで。
岡本　え？　実は僕もさっきまで。
ケイコ　知ってる。窓際の席に座ってたよね？　どこかで見た顔だなって思ったんだけど、名前がなかなか浮かんでこなくて。電話じゃ、何回も話をしてるのに。
ケイコ　実際に会ったのは、一回だけですもんね。
岡本　何、食べたの？
ケイコ　シーフード・スパゲティ。
岡本　あら、私もシーフード・スパゲティ。まずかったよね。
ケイコ　あんまり大きな声で言わないで。
岡本　でも、私、このお店に来たら、シーフード・スパゲティって決めてるんだ。
ケイコ　どうして？
岡本　へへえ。（と笑って）それにしても、久しぶりよね。結婚式で会ったきりでしょう。
ケイコ　あの時はすいませんでした。（と頭を下げる）
岡本　何よ、いきなり。
ケイコ　僕、あの式の時、とんでもないことしちゃったでしょう。
岡本　え？　何かしたっけ？
ケイコ　ビデオを撮るのに夢中になって、ウェディング・ケーキを倒したでしょう。覚えてないんですか？
岡本　覚えてるわよ。あなたのおかげで、夫婦になって一番最初の共同作業ができなくなったのよね。
ケイコ　本当にすいませんでした。（と頭を下げる）
岡本　いいって、いいって。もう三年も前の話じゃない。そう言えば、あの時のビデオは？

岡本　まだ家にあります。
ケイコ　私、見たいなあ。他に撮った人がいなかったのよ。
岡本　見てもしょうがないですよ。始まって十五分のところで、ケーキがのしかかってきて、真っ暗。それでおしまいですから。
ケイコ　それでもいい。見たいなあ。
岡本　わかりました。明日、本郷に渡しときます。二人で見て、笑いものにしてください。
ケイコ　ありがとう。（と時計を見る）
岡本　誰かと待ち合わせですか？
ケイコ　岡本さんは？
岡本　僕は、まあ、仕事っていうか……。
ケイコ　もしかして、岡本さんもあの人を迎えに来たの？
岡本　え？　ケイコさんもなんですか？
ケイコ　実はそうなんだ。
岡本　へえ、相変わらず仲がいいんですね。うらやましいなあ。
ケイコ　それって皮肉？
岡本　いや、僕は別に皮肉なんて……。
ケイコ　なんだ。あの人から、何も聞いてないの？
岡本　ええ、何も。
ケイコ　実はさ、私たち、今、喧嘩してるのよ。

岡本　え？　どうして？
ケイコ　だって、今度のツアーのこと、私には何も言ってくれなかったのよ。前の晩になって、いきなり「明日出発する」だもん。ひどすぎると思わない？
岡本　それは仕方なかったんですよ。今度のツアーは、本当にいきなりだったんだから。
ケイコ　そうなの？
岡本　担当のヤツが倒れたんです。本郷はやむを得ず、ピンチヒッターに立ったわけで。
ケイコ　倒れたって、病気か何か？
岡本　いや、ただの乗り物酔いです。
ケイコ　乗り物酔い？
岡本　そいつは世界一乗り物に弱い男なんです。エレベーターに乗っただけでフラフラになるのに、よりによってジェットコースターなんかに乗りやがって。おかげで、四十度も熱が出ちゃって。
ケイコ　変な人。
岡本　悪いのはみんな、その男なんです。本郷に罪はないんですよ。
ケイコ　でも、こういうことって、初めてじゃないのよ。何かって言うと「仕事だから仕方ない」って。私のことなんか、どうでもいいと思ってるんだから。
岡本　本郷は同僚思いなんですよ。どんなに自分が忙しくても、「よし、俺がかわりに行こう」って言うんです。
ケイコ　同僚思いもいいけどさ、少しは家庭のことも考えてほしいわ。結婚する前は、あんな人

岡本　じゃなかった。結婚式を境にして、あの人は変わったのよ。
ケイコ　やっぱり、ケーキが倒れたのがいけなかったのかな。
岡本　まさか。とにかく、あんまり頭に来ちゃったからさ、「行きたいなら行きなさいよ。そのかわり、留守の間に私が何しても、文句言わないでよね」って言ってやったの。
ケイコ　で、留守の間に何をしたんですか？
岡本　家にあったお酒、全部飲んでやった。あの人が大事にしてたナポレオンも、ドンペリも、越の寒梅も。
ケイコ　それだけ飲めば、気が晴れたでしょう。
岡本　全然。でも、今度だけは許してあげることにしたんだ。明後日は私たちにとって、一番大切な日だから。
ケイコ　何の日でしたっけ？
岡本　あなたがケーキを倒した日。三回目の結婚記念日よ。（と時計を見て）あれ、もうこんな時間だ。（と歩き出す）
ケイコ　あっ、ケイコさん、ちょっと待って。
岡本　（振り返って）あの人の飛行機、もう着いてるんじゃない？　急いで到着ロビーへ行かなくちゃ。（と歩き出す）
ケイコ　でも、ケイコさん、そっちは出発ロビーですよ。
岡本　
ケイコが走り去る。後を追って、岡本が走り去る。

3

本郷がやってくる。手にはトランクと紙袋。後を追って、石倉がやってくる。肩にはバッグ、手には本郷の紙袋と同じデザイン・同じサイズの紙袋。

石倉　本郷さん。本郷さんてば。ちょっと待ってくださいよ。
本郷　何だ、石倉さんですか。
石倉　（本郷に歩み寄って）もう、冷たいんだから。私の声、聞こえてたんでしょう？
本郷　すいません。ちょっと考え事をしてたもんで。
石倉　わかった。奥さんのこと、考えてたんだ。一週間ぶりに会えるのが、そんなうれしいんですか？　このスケベ。
本郷　バカなこと言ってないで、さっさと話をすませてください。
石倉　話って？
本郷　話があるから、呼び止めたんでしょう？　僕はこれから会社に戻らなくちゃいけないんだ。あんまり時間がないんですよ。
石倉　ツアコンて、大変なんですね。

本郷　お客さんによりますよ。みんなが時間を守って、予定通りに行動してくれれば、僕の仕事は何もない。ホテルでのんびりしていられるんだ。
石倉　今度のツアーは？
本郷　のんびりしてる暇なんか、一瞬もなかった。
石倉　ワガママな客が約一名いましたもんね。
本郷　それはあなたでしょう、石倉さん。
石倉　だって、私以外の人たち、みんなお年寄りなんだもん。
本郷　仕方ないでしょう。アメリカ西海岸シルバーツアーって言ったら、普通、お年寄りしか参加しませんよ。
石倉　私は、おじいちゃんと仲良くなりたくて、高いお金を払ったんじゃありません。もっと若くてカッコいい人と……。
本郷　そうか。毎日行方不明になってたのは、男を引っかけに行ってたんですね？　こっちは、誘拐でもされたんじゃないかって心配してたのに。
石倉　私のこと、心配してくれてたんですか？
本郷　当たり前じゃないですか。僕には、お客さん全員に対する責任がある。どんなにワガママな客だって、見捨てるわけにはいかないんだ。
石倉　すいませんでした。
本郷　いまさら謝っても遅いですよ。しかし、何とか無事に帰ってこられたわけだし、僕もやっと肩の荷が下ろせるってわけだ。じゃ。（と歩き出す）

石倉　ちょっと待ってください。
本郷　(立ち止まって)まだ何か用があるんですか?
石倉　もしよかったら、二人で食事でもしていきません?
本郷　僕と、ですか?
石倉　私がご馳走します。いろいろご迷惑をかけたお詫びもしたいし。
本郷　いいですよ。僕は迷惑だなんて思ってません。
石倉　無理しちゃって。
本郷　仕事だから、文句は言えないですよ。
石倉　だったら、仕事として付き合ってください。このままお別れするなんて、私の気持ちが許しません。

本郷　しかし……。
石倉　もしかして、奥さんのことが気になるんですか?
本郷　いや、女房は関係ないですよ。
石倉　だったら、いいじゃないですか。食事だけなら、浮気したことにはならないでしょう?

本郷　まあ、食事だけならね。
石倉　(と本郷の腕をつかむ)私、本郷さんと二人だけの思い出がほしいなあ。
本郷　どうしようかなあ……。(と石倉の手を握る)

そこへ、岡本・ケイコがやってくる。

岡本　本郷。

本郷　岡本。わざわざ迎えに来てくれたのか？　あれ？

ケイコ　お帰りなさい。

本郷　なんだ、おまえも来たのか。

ケイコ　そちらの方は？

本郷　お客さんだよ、ツアーの。

ケイコ　それにしては、ずいぶん仲がいいわね。

本郷　(慌てて石倉の腕をはがし）バカ。変なこと言うな。

石倉　本郷さん、この人が奥さん？

本郷　ええ。ケイコっていうんです。ケイコ、こちらは石倉さん。

ケイコ　紹介なんかしなくていいわよ。

石倉　石倉です、はじめまして。本郷さんにはいろいろお世話になっちゃって。

ケイコ　あなた、いろいろお世話したの？

本郷　バカ。お客さんのお世話をするのは、当たり前だろう。

石倉　本郷さん。食事はまた今度にした方がいいみたいね。

岡本　食事って？

石倉　このままお別れするのは淋しいから、食事でもしていこうかって言ってたんです。二人

ケイコ　だけの思い出のために。
本郷　二人だけの思い出？
ケイコ　俺が言ったんじゃない、この人が言ったんだ。
本郷　あなたって人は、そうやっていつも女の子を引っかけてるのね？
ケイコ　引っかけてない。引っかけようとしたのはこの人だ。
本郷　嘘よ。私と初めて会った時も、同じことを言ったじゃない。
ケイコ　あれは、おまえに初めて言ったんだ。あれから、誰にも言ったことはない。
本郷　たった今、この人に言ったでしょう？
ケイコ　言ってない！　人を疑うのも、いい加減にしろ！
岡本　まあまあ、こんな所で大きな声を出さないで。
ケイコ　岡本さんは黙ってて！
岡本　でも、周りの人がみんな見てますよ。
ケイコ　見たけりゃ勝手に見ればいいのよ。人がせっかく迎えに来てあげたのに、知らない女とイチャイチャして。
本郷　イチャイチャとはなんだ。ちょっと手を触ってただけだろう。
ケイコ　そういうのをイチャイチャって言うのよ。
本郷　バカ。イチャイチャって言うのはな、もっといろんなことをするんだ。
ケイコ　いろんなことをしたのね？　私が来る前に。
本郷　もういい。おまえと話をしても無駄だ。石倉さん、行きましょう。

25　また逢おうと竜馬は言った

石倉　いいんですか、奥さんは？
本郷　あいつは少し頭を冷やした方がいいんだ。さあ、早く行きましょう。
岡本　待てよ、本郷。
本郷　岡本。悪いけど、ケイコを家まで送ってくれ。
岡本　おまえが一緒に帰ればいいだろう。
本郷　頼むよ。また何かあったら、ピンチヒッターをやってやるから。

そこへ、時田がやってくる。

時田　こんな所で何してる。なぜ約束の場所に来ない。（と石倉の腕をつかむ）
石倉　（時田の手を振り払って）本郷さん、行きましょう。
時田　おい、ちょっと待て。
石倉　（本郷に）さあ、早く。
本郷　しかし……。
岡本　（石倉に）いいんですか、こちらの方は。
石倉　気にしないでください。私を誰かと間違えてるみたいなんです。
時田　ともみ。おまえ、何を考えてるんだ？（と石倉の腕をつかむ）
石倉　私はともみじゃありません。放してください。（と時田の手を振り払おうとする）
本郷　見ろ、ケイコ。この二人も手を触ってる。しかし、別にイチャイチャしてるわけじゃな

ケイコ　いだろう。
本郷　バカなこと言ってないで、助けてあげなさいよ。
時田　君、乱暴はやめたまえ。（と時田の肩をつかむ）
本郷　横から口を出すな。（と本郷を突き飛ばす）
時田　おいおい。乱暴はやめろと言ったはずだぞ。（と時田に歩み寄る）
それがどうした。俺は口を出すなと言ったんだ。

時田が本郷に殴りかかる。本郷がかわす。時田が振り返り、また殴りかかる。本郷はその腕をつかみ、後ろに捻り上げる。

本郷　どうする。このままおとなしく引き取ってくれるか？
時田　うるさい！

時田が本郷を蹴る。本郷が倒れる。時田が石倉に迫る。岡本が石倉の前に立つ。

時田　そこをどけ。
岡本　この人が、何をしたって言うんですか。
時田　おまえには関係ないだろう。
岡本　それはそうですけど……。

本郷が時田の肩をつかむ。時田が本郷の腕を振り払う。その隙に、石倉が走り去る。

時田　おい、待て！

後を追って、時田が走り去る。

本郷　岡本、ケイコを頼むぞ。

岡本　本郷！

後を追って、本郷が走り去る。

ケイコ　どうなってるの？　何がどうなってるのよ。

岡本　僕にだって、わかりませんよ。

ケイコ　大丈夫かしら、あの人。

岡本　あいつはこういうことに慣れてるから。

ケイコ　岡本さんも助けに行ってよ。

岡本　行きたいのはヤマヤマですけど、あなたを頼むって言われたし。

ケイコ　あなた、怖いの？

岡本　まさか。ここはあいつを信じて、先に帰りましょう。

岡本が本郷のトランクと紙袋を持つ。ケイコと共に去る。
反対側から、石倉が走ってくる。背後を振り返って、物陰に隠れる。そこへ、時田が走ってくる。辺りを見回す。そこへ、本郷が走ってくる。本郷が時田につかみかかる。が、時田は本郷をかわして、走り去る。後を追って、本郷も走り去る。石倉が物陰から出てくる。そこへ、棟方がやってくる。

棟方　ともみ。
石倉　（振り返る）
棟方　まさか、俺を裏切るつもりじゃないだろうな？

棟方がゆっくりと近づく。そこへ、本郷が走ってくる。

本郷　石倉さん、大丈夫ですか？
石倉　（本郷に抱きつく）
本郷　え？　いや、まいったなあ。
石倉　家まで送ってください。お願いします。
本郷　わかりました。さあ、荷物を貸して。

本郷が石倉の手から紙袋を取る。二人が去る。棟方が二人を見送る。去る。

4

岡本がフラフラしながらやってくる。手には本郷のトランクと紙袋。後から、竜馬もついてくる。

竜馬　おい、大丈夫かい。

岡本　やっぱり、電車にすればよかった。タクシーなんて、一年以上も乗ってなかったからウップ。

竜馬　こら、こんな所で吐くな。

岡本　正直に言えばよかった。世界一乗り物に弱いのは、この僕ですってウップ。

竜馬　吐くな。吐きたかったら、厠へ行って吐くんじゃ。

岡本　ダメだ。まだ地面が揺れてる。竜馬、床を押さえてくれよ。

竜馬　(手で床を押さえて)こうか?

岡本　あれ?　何となく、揺れが小さくなったみたいだ。

竜馬　(手を放して)そうか?

岡本　また大きくなったウップ。

竜馬　(床を押さえて)他のことを考えろ。たくしーに乗ったことは忘れるんじゃ。

岡本　他のことって？
竜馬　たとえば、さっきの喧嘩よ。おまんという男は、まっことだらしがないのう。あんな弱そうなヤツ、一発殴ってやれば、尻尾を巻いて逃げ出したんじゃ。
岡本　俺は暴力が嫌いなの。
竜馬　嘘つけ。おまんは怖かったんじゃ。
岡本　仕方ないだろう？　俺は竜馬みたいに強くないんだから。
竜馬　強い弱いは関係ない。大事なのは気迫よ。最初から負けると思うちょったら、勝てるわけなかろうが。
岡本　口で言うのは簡単だけどさ。
竜馬　そこへ行くと、あの本郷という男はなかなか見事じゃった。全身に気迫が漲っちょった。
岡本　あいつは柔道三段なんだよ。俺様が負けるわけないって、頭から決めてかかってるんだ。
竜馬　男なら、それくらいの自信がないとな。
岡本　竜馬も、自信だけはたっぷりあったもんな。（と文庫本を取り出して）英語もオランダ語もしゃべれないのに、「世界へ飛び出すんじゃ」って。
竜馬　女はそういう男に惚れるのよ。
岡本　わかってるよ。だから、俺も竜馬みたいになりたいって思ってるんだ。
竜馬　口で言うのは簡単じゃがな。
岡本　竜馬が「世界へ飛び出すんじゃ」って言うから、「ツアコンだったら、しょっちゅう世界へ飛び出せるぞ」って、この仕事を選んだんだ。

竜馬　おまん、本の読み方、間違っちょるぞ。
岡本　選んでみてから気がついた。世界へ飛び出すには、飛行機に乗らなくちゃいけないんだ。
竜馬　泳いでいくと疲れるからな。
岡本　タクシーで酔っ払う男が、飛行機に乗れるわけないじゃないかウップ。

そこへ、ケイコがやってくる。手にはコーヒーカップを載せたお盆。

ケイコ　岡本さん、大丈夫？
岡本　え？

周囲が明るくなる。竜馬の姿はどこにもない。

ケイコ　気分が悪いの？　熱でもあるんじゃない？
岡本　（咳をして）風邪かな。
ケイコ　薬あるよ。持ってこようか？
岡本　気にしないでください。しばらくジッとしてれば治りますから。
ケイコ　風邪は早めに薬を飲んだ方がいいのよ。
岡本　薬はもう飲んだんです。いつも持ち歩いてるんで。
ケイコ　そうなの。（と時計を見る）

岡本　もうそろそろじゃないかな。
ケイコ　え？
岡本　本郷ですよ。今頃は彼女を家まで送って、こっちへ向かってるでしょう。
ケイコ　わかんないわよ。途中でどこかに寄り道してるかも。
岡本　どこかって？
ケイコ　あの人、食事に行こうって誘ってたじゃない。
岡本　それは、ケイコさんがヒステリーを起こすから。
ケイコ　ヒステリー？　私がいつヒステリーを起こしたのよ。
岡本　ロビーの真ん中で、あんな大きな声を出して。通りかかった子供が、ケイコさんの顔を指さして、泣いてましたよ。
ケイコ　本当？　でも、あの人の態度にも問題があったと思わない？
岡本　そうかなあ。
ケイコ　人がせっかく迎えに行ったのに、「ありがとう」の一言も言わなかったでしょう？「なんだ、おまえも来たのか」って、それだけ。
岡本　僕が横にいたから照れたんですよ。心の中では、「ありがとう」って言ってたんです。
ケイコ　言ってないわよ。
岡本　いいえ、言ってました。
ケイコ　妻の私が、言ってなかったって断言してるのよ。認めなさいよ。
岡本　もし言ってなかったとしても、言ってたと思えばいいじゃないですか。そうすれば、腹も立たないし。

ケイコ　私に我慢しろってわけ？

岡本　僕は独身だから、あんまり偉そうなことは言えないけど、夫婦っていうのは、所詮は他人でしょう？　他人が一緒に暮らすんだから、時には我慢しなくちゃいけないこともありますよ。

ケイコ　その科白は何度も何度も聞かされました。だから、今まで我慢してきたのよ。

岡本　だったら、今度も我慢しましょう。

ケイコ　もうイヤ。これ以上は絶対無理。

岡本　まさか、離婚するって言うんじゃないでしょうね？

ケイコ　離婚？　そうよ。ここまで来たら、離婚するしかないのよ。

岡本　ちょっと待ってください。そういうことは、もう少し慎重に考えてから。

ケイコ　生活だったら、何とかなるわよ。月給だって、あの人より私の方が多いんだから。

岡本　ツアコンは安月給ですからね。僕も毎月、苦労してます。いや、僕が言いたいのはそういうことじゃなくて。

ケイコ　私はまだ若いのよ。今からだって、やり直しはきくはずよ。

そこへ、本郷がやってくる。

本郷　よう、岡本。まだいたのか。

岡本　本郷。おまえからもケイコさんに言ってやってくれよ。
本郷　何を。
岡本　いや、話せば長くなるんだけどさ。
本郷　それなら、また後にしよう。（と奥に向かって）石倉さん、入ってください。
岡本　石倉さんて、おまえ、まさか——

そこへ、石倉がやってくる。肩にはバッグ、手には紙袋。

石倉　すいません。こんな時間にお邪魔しちゃって。
本郷　いいんですよ、気にしないで。荷物はその辺に下ろしてください。
ケイコ　ちょっと、これ、どういうこと？
本郷　今夜は家に泊まってもらうことにしたんだ。構わないよな？
ケイコ　「構わないよな？」ですって？
岡本　ケイコさん、落ち着いて。これにはきっと深い訳があるんです。
ケイコ　訳なんか、聞きたくない。
岡本　そんなこと言わないで。本郷。これはいったいどういうことなんだ。ちゃんと説明しろ。
本郷　この人をマンションまで送っていったら、例の男が待ち伏せしてたんだよ。
岡本　警察には届けなかったのか？
本郷　この人が、「やめてくれ」って言うんで。

岡本　（石倉に）どうしてですか？　あの男は、あなたを拉致しようとしたんですよ。
石倉　ごめんなさい。私、皆さんに嘘をついてました。
岡本　嘘？　それじゃ、あの男は、やっぱりあなたの知り合いだったんですか？
石倉　婚約者です。今はもう違いますけど。
岡本　違うっていうのは？
石倉　私が婚約を破棄したんです。結婚式の直前に。
岡本　どうしてそんなこと。
本郷　（石倉に）よかったら、詳しい話を聞かせてくれませんか。
石倉　あの人、見た目はあんなふうだけど、本職は画家なんです。まだあんまり売れてないから、夜はクラブでバーテンをやってますけど。
岡本　わかった。あなたはそのクラブのホステスで、一緒に仕事をしているうちに、いい仲になったんだ。
石倉　全然違います。私は普通のＯＬで、あの人とは美術館で知り合ったんです。ゴッホの絵の前でボーッとしてたら、あの人がいつの間にか横に立ってて、「あなたもこの絵がお好きなんですか」って。
本郷　なるほどね。なかなかロマンチックな出会いじゃないですか。
ケイコ　あなたにロマンチックなんて言葉の意味がわかるの？
岡本　まあまあ。（石倉に）そんな二人が、どうして別れなくちゃいけなくなったんです。
石倉　あの人が、贋作に手を出したからです。

岡本　がんさくって、偽物のことですか？

石倉　急に新車を買ったり、服装が派手になったりして、おかしいとは思ってたんです。「どうしたの？」って聞いたら、「クラブに来たお客さんに、いい仕事を紹介してもらった」って。

本郷　そいつに唆されて、贋作を描くようになったわけだ。

石倉　私はあの人の絵が好きでした。今はまだ売れてないけど、いつかはゴッホにだって負けない立派な画家になると信じてたんです。それなのに、あの人は自分の絵を描かなくなった。

ケイコ　あなたの好きだった人じゃなくなったのね？

石倉　「危ない仕事はやめて」って、何度頼んでも無駄でした。「おまえだって、俺の稼ぎがいい方がうれしいだろう」って。

ケイコ　仕事に夢中になって、あなたのことなんか、どうでもよくなったのよ。

岡本　それで、婚約破棄ですか。

石倉　私のしたこと、間違ってると思いますか？

ケイコ　間違ってないわよ。そんなワガママな男と結婚したって、後で苦労するだけなんだから。

本郷　どうして俺に向かって言うんだ？

石倉　ツアーに行ったのは、しばらく顔を合わせない方がいいと思ったからです。そうすれば、あの人も冷静になるだろうって。

岡本　ところが、逆に凶暴になったわけだ。やっぱり、今夜はここに泊めてもらった方がいい

本郷　みたいですね。

ケイコ　（ケイコに）そういうわけだ。俺はソファーで寝るから、この人には俺のベッドを使ってもらおう。

本郷　勝手にすれば。私はここを出ていくから。

ケイコ　何だって？

出ていくって言ったのよ。あなたがそうやって自分の思った通りにしたいなら、私も好きにさせてもらう。

岡本　ケイコさん！

ケイコが去る。

本郷　何言ってんだ、あいつ。

岡本　本郷、ケイコさんは本気だぞ。本気で出ていくつもりだからな。

本郷　バカ。またいつものヒステリーだよ。ほっとけば、静かになるさ。

岡本　事態はもっと深刻なんだ。とりあえず、謝れ。

本郷　俺があいつにか？　どうして？

岡本　ケイコさんは怒ってるんだ。女が怒った時は、こっちにどんな言い分があっても、とりあえず謝るんだよ。

本郷　冗談じゃない。大の男が、理由もなしに頭を下げられるか。

ケイコが戻ってくる。手にはトランク。

ケイコ　止めても無駄よ。

本郷　行きたければ、どこへでも行けばいいだろう。その前に、ほら。（と紙袋を差し出す）

ケイコ　（受け取って）何よ、これ。

本郷　おみやげだよ、ツアーの。

ケイコ　こんなもので釣ろうとしたって、私の気持ちは変わらないからね。

本郷　この人を連れてきたのが、そんなに許せないのか。

ケイコ　それだけじゃないわよ。

岡本　本郷、ケイコさんはいろいろ我慢してたんだぞ。

本郷　我慢て何だ。

ケイコ　ほら、やっぱり私のことなんか、何も考えてないのよ。

本郷　おまえだって、自分のことしか考えてないだろう。いいか、この人は困ってるんだぞ。

ケイコ　だからって、いきなり「構わないよな？」なんて、勝手すぎるじゃない。

岡本　（本郷に）そうだ。おまえには、ちょっと勝手なところがあるぞ。ちょっとだけどな。

本郷　（ケイコに）俺が決める前に、いちいちおまえに相談しろって言うのか。夫婦っていうのは、そんなにめんどくさいものなのか。

ケイコ　バカ。それをめんどくさいと思わないのが夫婦なんでしょう？

岡本　ケイコさん！

ケイコが走り去る。後を追って、岡本が走り去る。

石倉　いいんですか？　後を追いかけなくて。
本郷　大丈夫、大丈夫。二、三日したら、帰ってきますよ。こういうことは、前にも一度あったんだ。
石倉　前にも？
本郷　実家で頭を冷やせば、僕の方が正しいってわかるんですよ。
石倉　あの、もしよかったら、シャワーをお借りしたいんですけど。
本郷　どうぞ、どうぞ。風呂場はこっちはですよ。

本郷・石倉が去る。
反対側から、岡本・ケイコがやってくる。

岡本　落ち着いて話をしましょう。話せばわかってくれますよ。
ケイコ　無駄よ。自分の方が正しいって、頭から決めつけてるんだから。
岡本　あいつはまだ、事態がどれだけ深刻か、わかってないんです。わかれば、きっと反省しますよ。

ケイコ　反省しても遅いのよ。あの人は、もう出会った頃のあの人じゃないんだから。
岡本　これからどこへ？　実家へ帰るんですか？
ケイコ　妹のマンションへ行く。実家へ帰ると、親が心配するから。
岡本　本郷を迎えに行かせますよ。
ケイコ　来ないわよ。前に家出した時だって、あの人は迎えに来なかったのよ。

ケイコが去る。いつの間にか、竜馬が後ろに立っている。

竜馬　まっこと、煮えたぎった鍋みたいな女じゃのう。あんな女を嫁にすると、苦労するぜよ。
岡本　彼女は悪くない。精一杯、我慢したんだ。
竜馬　それはあの女の勝手よ。いやならさっさと出ていけばよかったんじゃ。ん、ちくと待てよ。
岡本　どうした？
竜馬　あんな気性のヤツが、わしの知り合いにもおったな。
岡本　幕末に？
竜馬　勝手に怒って、勝手に我慢して。
岡本　ある日突然、爆発する。
竜馬　そうなると、誰の手にも負えなくなる厄介な男。
岡本　わかった。長州の桂小五郎だ。

竜馬　そうじゃ、桂じゃ。あの男は、根はいいヤツなんじゃが、気位が高くてのう。わしも苦労されられたんじゃ。

岡本　ケイコさんだって、根は優しい人なんだよ。あの人をあんなふうにしたのは、俺なんだ。

5

そこへ、さなえがやってくる。手には書類。

さなえ　岡本君。そんな所で、何ボーッと突っ立ってるの？

岡本　え？

周囲が明るくなる。竜馬の姿はどこにもない。

さなえ　この企画書、課長が書き直せってさ。

岡本　そんなあ。今度の企画は自信があったのに。

さなえ　何言ってるのよ。（と書類を開いて）「坂本竜馬上京ツアー。竜馬が土佐から江戸まで歩いた道を、僕と一緒に走ってみないか?·」。これって要するにマラソンでしょう？　こんな疲れるツアーに、誰が参加するのよ。

岡本　僕なら、喜んで参加しますけど。そんなことより、本郷はまだ戻ってきませんか？

さなえ　本郷君？　私は見てないけど、何か用事？

岡本　（時計を見て）もう四時だ。そのまま家に帰るつもりかな。
さなえ　何時になっても、戻ってくるわよ。明後日の準備が全然終わってないんだから。
岡本　明後日、何かあるんですか？
さなえ　またツアーに出発するの。
岡本　昨日、帰ってきたばっかりなのに？
さなえ　あれは君の代理じゃない。今度は自分の担当のツアーよ。君のおかげで、他人の二倍も働かなくちゃいけないのよ。かわいそうね。

そこへ、本郷がやってくる。手には書類袋。

本郷　さなえさん、課長は？
さなえ　応接室。お客さんと話をしてる。
本郷　参ったな。こっちはあんまり時間がないのに。
岡本　本郷。ちょっと話があるんだ。
本郷　後、後。（と書類袋から書類を取り出し、さなえに差し出して）悪いけど、これ、課長に渡しといてくれませんか？
さなえ　（受け取って）オーケイ。（と書類を差し出して）これ、明後日のツアーの資料。
本郷　（受け取って）すいません。（と書類を開く）
さなえ　忙しそうね。ここにはボーッと突っ立ってるだけで、何もしてないヤツもいるのに。

本郷　俺、忙しいの、好きですから。
岡本　本郷、一分でいいんだ。俺の話を聞いてくれ。
本郷　しつこいヤツだな。ケイコのことはもういいんだ。夫婦の問題に、横から口を出すな。
岡本　もういいって、どういうことだよ。まさか、おまえまで離婚するって言うんじゃないだろうな？
さなえ　何よ。本郷君のところ、もめてるの？
本郷　いや、ただの夫婦喧嘩ですよ。
岡本　そう思ってるのはおまえだけだ。ケイコさんは本気で離婚するつもりなんだぞ。
本郷　あいつがそう言ったのか？
岡本　「私はまだ若いのよ。今からだって、やり直しはきくはずよ」って。
本郷　だったら、俺もやり直してやる。今度はもっと女らしくて、ガミガミ言わない女と結婚してやるぞ。
岡本　俺は離婚を勧めてるんじゃない。止めてるんだ。
さなえ　やめた方がいいんじゃない？　君に喧嘩の仲裁なんて無理よ。
岡本　どうしてですか？
さなえ　独身の君に、夫婦の問題はわからないって言ってるの。
岡本　俺はただ、本郷の奥さんがかわいそうだから。
さなえ　自分の面倒も見られないくせに、他人の奥さんの面倒が見られるの？
岡本　さなえさん、まだ怒ってるんですか？

さなえ　何のこと？　ジェットコースターのことだったら、私、全然気にしてないわ。

そこへ、小久保課長・棟方がやってくる。

小久保課長　あ、本郷君、ちょうどいい所へ帰ってきましたね。ちょっと話があるんですよ。
本郷　(さなえの手から書類を取って) 課長。これ、シルバーツアーの報告書です。(と差し出して) 俺、これから本社の方へ行きますんで。
小久保課長　(受け取って) まあ、待ちなさい。話というのは、このツアーのことなんです。
さなえ　課長、そちらの方は？
小久保課長　そうそう、先に紹介しておいた方がいいですね。この人は、僕の高校時代の友人で、棟方君。ムナカタ・トレーディング・カンパニーって貿易会社を経営してるんです。
棟方　(岡本・本郷・さなえに) はじめまして、棟方です。
小久保課長　(岡本・本郷・さなえに) 今日、うちの会社へ来たのは、実は奥さんを探すためなんです。
棟方　(岡本・本郷・さなえに) お恥ずかしい話なんですが、僕の妻が昨日から行方不明になってるんです。それで、こちらに伺えば、何かわかるんじゃないかと思いまして。
小久保課長　(岡本・本郷・さなえに) 棟方君の奥さんは、アメリカ西海岸シルバーツアーに参加してたんです。
本郷　それは何かの間違いです。棟方なんて名前の人は、メンバーの中にいませんでしたよ。
棟方　ひょっとすると、旧姓を名乗ったのかもしれません。妻の旧姓は石倉っていうんですが。

岡本　石倉？　知ってますよ、その人。
小久保課長　どうして君が知ってるんです。
岡本　僕も昨日、空港へ行ったんですよ。その人、確かにツアーに参加してました。なあ、本郷。
本郷　しかし、おかしいな。（棟方に）石倉さんは、まだ独身だって言ってましたよ。婚約者はいたけど、最近別れたって。
棟方　あいつ、またそんなことを。
さなえ　またって、何ですか？
棟方　それがあいつの口癖らしいんですよ。そう言って、若い男に近寄るんです。
岡本　確かに、昨日も近寄ってました。
棟方　結婚して三年になるんですが、去年あたりから、夜遊びをするようになりましてね。まだ若いし、家の中でジッとしてるのも辛いんだろうと思って、好きにさせておいたんです。ところが、そのうち朝帰りをするようになって。
さなえ　男ができたのね？
棟方　それが、一人や二人じゃないんです。携帯を見たら、男の名前と電話番号がビッシリ。
さなえ　社長夫人なら、お金がいっぱいあるもの。若い男の気を引くのは簡単よ。
棟方　何度も注意しました。「言うことを聞かないなら離婚するぞ」って、脅したこともあります。その時は泣いて謝るんですが、一週間もしないうちに、また朝帰り。そして、ついに行方不明ってわけです。

本郷　しかし、石倉さんは一人でしたよ。男の連れなんていなかった。
さなえ　男とは現地で落ち合ったんじゃない？
本郷　そうか。毎日行方不明になってたのは、男に会うためだったんだ。
岡本　男って、空港で襲ってきたヤツかな？
小久保課長　襲ってきた？　どうして浮気の相手が奥さんを襲うんです。
さなえ　向こうで喧嘩したのよ。それで、奥さんが別れるって言い出したんじゃない？
岡本　本郷とイチャイチャしてるのを見て、嫉妬したのかもしれない。
小久保課長　（本郷に）君、奥さんとイチャイチャしたんですか？
本郷　してませんよ。（棟方に）本当ですよ。
棟方　イチャイチャぐらいなら気にしませんよ。本当にイチャイチャだけなら。
本郷　本当ですってば。
棟方　そんなことより、僕が知りたいのは妻の居場所です。男に襲われた後、妻はどこへ行ったんでしょう。何か心当たりはありませんか？
岡本　本郷。
本郷　ああ。
棟方　あなた、何かご存じなんですか？
本郷　彼女は昨夜、僕の家に泊まりました。
棟方　今もお宅にいるんですか？
本郷　たぶん。

棟方　わかりました。すぐに迎えに行きます。
本郷　いや、それは困ります。
棟方　どうしてですか。
本郷　僕は彼女から、全く違う話を聞いてるんです。彼女の話を信じれば、あなたはとんでもない大嘘つきということになります。
小久保課長　本郷君、君は何てことを言うんです。
本郷　課長は、この人の言うことを信じるんですか？
小久保課長　当たり前です。棟方君は僕の友達ですから。
本郷　友達だと思ってるのは、課長だけだったとしたら？
小久保課長　バカなことを言うんじゃありません。
本郷　たとえばの話ですよ。今の時点では、どっちの言ってることが本当か、誰にも判断できないってことです。
棟方　そんなに僕が信用できないんですか。
本郷　念のために、あなたの話を確かめさせてほしいんです。
岡本　本郷、おまえは騙されたんだよ。彼女に利用されただけなんだ。
本郷　それならそれでいいじゃないか。
さなえ　君が自分のツアーのお客さんを信じたいって気持ちはわかるわ。でも、冷静になって考えてみて。彼女には嘘をつく理由がある。浮気相手に襲われたなんて、恥ずかしく言えるわけがない。でも、棟方さんはどう？　棟方さんが嘘をついて何か得することでもある？
本郷　ないとは言い切れませんよ。（棟方に）とにかく、明日、もう一度来てください。あなたの話が本当だったら、彼女はその時お返しします。
棟方　小久保君も同じ意見か？
小久保課長　まさか。本郷君。今すぐ、棟方君を家へ連れていきなさい。これは課長命令ですよ。
本郷　命令ですか。
小久保課長　そうです。命令です。たまには、素直に従いなさい。
本郷　わかりました。それじゃ、俺は本社へ行ってきます。
岡本　本郷！

本郷が去る。後を追って、岡本が去る。

小久保課長　棟方君、ごめんね。あいつは普段から、言うことを全然聞かないんだ。僕のことをナメてるんだ。
さなえ　違いますよ。今日は虫の居所が悪かったんです。
小久保課長　仕事ばっかりしてるから、奥さんに逃げられたんでしょう。
さなえ　鋭い。よくわかりましたね。
棟方　ということは、彼の奥さんは今、家にいないんですか？
さなえ　ということは、昨夜は棟方さんの奥さんと二人きりだったわけだ。

小久保課長　二人きりだと、何かまずいんですか？　仲良くトランプをしただけかもしれないじゃないですか。

棟方が頭を抱えて去る。後を追って、さなえ・小久保課長も去る。
反対側から、岡本・本郷がやってくる。

岡本　どうしてあんな女の肩を持つんだよ。まさか、惚れたんじゃないだろうな？
本郷　バカ言うな。
岡本　昨夜はどうなんだ？　変なことしなかったろうな？
本郷　俺が客に手を出すわけないだろう。
岡本　何言ってるんだ。ケイコさんは、おまえのツアーの客だったじゃないか。
本郷　あの一回で懲りたんだよ。まさか、あんなに怒りっぽい女だとは思わなかった。
岡本　怒らせてるのはおまえじゃないか。
本郷　確かに、俺は勝手かもしれない。あいつに相談しないで、一人で決めることもある。しかし、俺は俺なりに考えて、正しいと思うことしかやってない。あいつだって、それぐらい考えればわかるはずだ。
岡本　わかるさ。わかるけど、ちゃんと口で言ってほしいんだよ。空港へ迎えに行ったのは、おまえの「ありがとう」が聞きたかったからなんだ。
本郷　俺はその前に、あいつの「ごめんなさい」が聞きたかったね。

岡本　そんなの、どっちが先だっていいじゃないか。
本郷　ケイコに伝えてくれ。俺の気持ちは変わってない。それがおまえにわからないなら、俺たちはもうダメなんだ。

本郷が去る。いつの間にか、竜馬が後ろに立っている。

竜馬　あいつはなかなか男らしい男じゃのう。
岡本　九州男児だからな。いまだに、男は女より高等な生物だと思い込んでるんだ。
竜馬　なるほど、九州の男か。道理で西郷に似ちょると思うた。
岡本　そうか。西郷隆盛か。
竜馬　慎重すぎるほど慎重で、決断は最後まで下さない。
岡本　でも、いざ決断すると、人がなんて言おうと最後までやり遂げる。
竜馬　そして自分のしたことには、けっして言い訳せんのじゃ。
岡本　俺は西郷を説得しようとしてたのか。
竜馬　そりゃあ、桂以上に面倒な仕事じゃぞ。西郷は腰が重い。相撲取りみたいなもんで、立ち上がるのにやたらと時間がかかるんじゃ。
岡本　時間がかかっちゃ困るんだよ。あと二日で説得しないと、またツアーに出かけるんだ。
竜馬　諦めた方がいいぜよ。
岡本　そんなことをしたら、二人は離婚しちゃうんだよ。

竜馬　その方がいいのよ。桂と西郷が夫婦になっても、うまく行くはずがない。水と油、猿と犬、トムとジェリーみたいなもんよ。
岡本　でも、桂と西郷は薩長同盟を結んだんだよね？
竜馬　そりゃ、わしが説得したからよ。わしの手にかかれば、トムとジェリーも仲よく喧嘩するぜよ。
岡本　ケイコさんと本郷も、元通りになるかな？
竜馬　そりゃあ、わしの手にかかれば……、待てよ。
岡本　竜馬、頼みがある。
竜馬　まさかとは思うが、わしにあの二人を説得しろと言うのではなかろうな？
岡本　そうじゃない。どうやって二人を説得すればいいか、やり方を教えてほしいんだ。
竜馬　やめちょけ、やめちょけ。おまんにわしの真似ができると思うか。
岡本　そんなの、やってみなくちゃ、わからないじゃないか。
竜馬　やらなくてもわかるわい。おまんのような意気地なしに、人の心を動かすことはできん。
岡本　意気地なしだと？
竜馬　乗り物に弱いのはなぜじゃと思う。それは、おまんが怖がっちょるからじゃ。死んだらどうしようとな。

岡本が竜馬の脇差を抜く。剣先を自分の腹に向ける。

55　また逢おうと竜馬は言った

竜馬　何をする。
岡本　教えてくれないと、腹を切るぞ。
竜馬　腹を切ると、痛いぞ。
岡本　そう言えば、怖がってやめると思ってるんだろう。甘いよ。ケイコさんと本郷があんなふうになったのは、俺のせいなんだ。二人を助けられないなら、死んだ方がマシなんだ。
竜馬　よし。そこまで言うなら、わしも止めん。男らしく切るがいい。
岡本　え？
竜馬　介錯はわしがしてやる。（と大刀を抜いて）あまり苦しまんように、スパッと首を落としてやるから安心せい。（と構えて）いざ。いざ。いざ！
岡本　（脇差を腹に突き立てる。が、ちょっと触れただけで）痛い痛い痛い！
竜馬　どうじゃ。思うたより痛いじゃろう。
岡本　もういいよ。俺一人で何とかするから。
竜馬　そう言うな。わしも久しぶりに、仕事っちゅうもんがしてみたくなった。
岡本　それじゃ……。
竜馬　わしの言う通りにやれるか？
岡本　やってみせるさ。俺の手で、薩長同盟を結ばせてみせるさ。

岡本が脇差を構える。竜馬が大刀を構える。岡本が撃ちかかる。竜馬が払う。竜馬が岡本の頭を叩き脇差を取る。二人が去る。

6

ケイコがやってくる。手にはワインのボトルとグラスを持っている。腰を下ろして、ワインをグラスに注ぐ。飲もうとしたところへ、カオリがやってくる。

カオリ お姉ちゃん、またお酒飲んでるの？

ケイコ またとは何よ。今日はこれが一杯目。（とグラスを口に運ぶ）

カオリ （ケイコの腕をつかんで）よしなさいよ。昨夜は、ボトル一本空けちゃったんでしょう？

ケイコ （カオリの手を振り払って）あんたに文句言われる筋合いないわよ。これは、私が持ってきたお酒なんだから。（とグラスを口に運ぶ）

カオリ よしなさいってば。（とグラスをもぎ取る）

ケイコ ちょっと。返してよ。

カオリ やけ酒なんて、みっともないよ。どうしても飲みたかったら、自分の家へ帰って飲みなさい。

ケイコ 固いこと言わないで。一杯だけでいいからさ。

カオリ ダメって言ったら、絶対ダメ。

ケイコ　カオリ、ちょっとそこに座りなさい。
カオリ　何よ。子供の頃みたいなしゃべり方して。
ケイコ　おまえって子は妹のくせに、お姉ちゃんの言うことが聞けないの？
カオリ　聞けないわよ。ここを誰の家だと思ってるの？
ケイコ　私が子供の頃、さんざん面倒を見てやった、妹の家。
カオリ　頭来た。もう、布団も枕も貸してあげない。今夜は畳の上で寝れば。

そこへ、伸介がやってくる。手にはカバン。

伸介　ただいま。
カオリ　あ、伸ちゃん、お帰り。（と伸介に抱きつく）
伸介　（カオリを剥がして）ダメだよ、カオリ。お姉さんの前で。
ケイコ　気にしないでください。私はただの居候ですから。
伸介　居候だなんて、とんでもない。僕らにとっては、大事なお客様ですよ。
カオリ　もう、伸ちゃんたら優しいんだから。でも、お姉ちゃんを甘やかすのはやめて。いい気になって、このまま居ついちゃったらどうするの？
ケイコ　すぐに出ていくわよ。かわりのアパートが見つかったら。
カオリ　ああ、よかった。うちはまだ新婚なんですからね。出戻りの姉に押しかけてこられたら、はっきり言って迷惑なのよ。

伸介　カオリ。お姉さんに向かって、出戻りはないだろう？
カオリ　どうしてよ。お姉ちゃんは本気で離婚するつもりなのよ。
ケイコ　それはまだわからない。はっきり決まったわけじゃないし。
カオリ　そうなの？　でも、私は離婚に賛成だな。お父さんもお母さんも、きっと賛成すると思う。
ケイコ　もともと結婚には反対だったもんね。
伸介　そうなんですか？　僕らの時は、全然反対されなかったのに。
カオリ　お姉ちゃんたちは、知り合ってから、一カ月も経ってなかったのよ。私も心配してたんだ。熱しやすいものは冷めやすいって言うから。
ケイコ　反対されると、余計にファイトが湧いちゃってさ。
カオリ　「結婚させてくれないなら、死んでやる」って泣いたよね。
ケイコ　あの頃は、この気持ちがずっと続くって思ってたんだ。続かないわけないって思ってたんだ。
カオリ　結婚して三年か。やっぱり、冷めやすかったんだね。
ケイコ　あの人は、そうだったみたい。
カオリ　お姉ちゃんはまだ冷めてないの？　まだ未練が残ってるわけ？
ケイコ　バカね。離婚て言い出したのは、私の方よ。
カオリ　とにかく、別れるなら別れるで、さっさと決めてよ。いつまでもここにいられちゃたまらないわ。

伸介　（ケイコに）僕は全然構いませんよ。気持ちが落ち着くまで、のんびりしていってください。そのうち、本郷さんが迎えに来るかもしれないし。
カオリ　もう、伸ちゃんたら優しいんだから。

チャイムの音。

伸介　噂をすれば影が差す。きっと本郷さんですよ。
ケイコ　カオリ、見てきて。
カオリ　どうする？　会わずに帰ってもらう？
ケイコ　一応、話だけは聞くわ。せっかく来たのに、かわいそうじゃない。
カオリ　わかった。

カオリが去る。ケイコが髪を直す。深呼吸。グラスを一気にあおる。

伸介　お姉さん、本当は家へ帰りたいんじゃないんですか？
ケイコ　そんなことないですよ。それより、私のこと、お姉さんて呼ばなくていいですよ。
伸介　僕みたいな男が弟だなんて、イヤですか？
ケイコ　イヤとは言いませんけど、伸介さんは私より七つも年上じゃないですか。
伸介　僕は五人兄弟の長男なんです。下の四人は全部男。だから、子供の頃から、お姉さんて

ケイコ　ものに憧れてたんです。もしイヤじゃなかったら、お姉さんて呼ばせてください。どうぞ。

そこへ、カオリが戻ってくる。後から、岡本・竜馬がついてくる。

カオリ　お姉ちゃん、違った。本郷さんじゃなかった。
岡本　（ケイコに）すいません、いきなりお邪魔しちゃって。
ケイコ　岡本さん。こんな所へ、何しに来たの？　もしかして、あの人に頼まれて？
岡本　違います。
ケイコ　私は絶対に帰らないからね。自分は来ないで、岡本さんを使いによこすなんて、やっぱり反省なんかしてないのよ。
岡本　いや、本当に違うんです。僕は僕の考えで、ここへ来たんです。ケイコさんに、ぜひとも話したいことがあって。
ケイコ　話したいことって？
岡本　ケイコさんは、薩長同盟というのを知ってますか。
ケイコ　さっちょうどうめい？
伸介　（岡本に）僕、知ってますよ。幕末に、薩摩と長州が結んだ同盟でしょう？
カオリ　伸ちゃん、歴史は詳しいのよね。
伸介　毎月、プレジデントを読んでるからね。

ケイコ　(岡本に) で、その薩長同盟がどうかしたの？

岡本　ケイコさん。今は、薩摩だ、長州だといがみ合っている時ではありません。そんなことではいつまで経っても、幕府を倒すことはできません。

ケイコ　言ってる意味がよくわからないんですけど。

岡本　だから、今の日本を救うためには、薩長同盟を結ぶしかないんですよ。

竜馬　この、べこのかあ。

岡本　(ケイコに) ちょっと待っててください。

岡本・竜馬が隅の方へ行く。

岡本　ダメだ。うまく説得できない。

竜馬　わしの話をそのまま繰り返してどうするんじゃ。薩長同盟を、夫婦に置き換えて話をするんじゃ。

岡本　そうか。薩摩を本郷、長州をケイコさんに直すんだな。

竜馬　わかったら、早く行け。

岡本がケイコの前に立つ。

岡本　ケイコさん、あなたは本郷のことをどう思ってますか。

竜馬　なぜいきなりそんなことを。
ケイコ　（岡本に）なぜいきなりそんなことを聞くの？
岡本　昨日はあんなことがあって、ついカッとなってしまった。だから、離婚なんて言ったんでしょう？　一日経ってみて、その気持ちは変わりませんか？
カオリ　変わらないみたいよ。さっきも、未練はないって言ってたし。
岡本　（ケイコに）本当ですか。このまま離婚してしまって、本当に後悔しませんか。
カオリ　しない、しない。逆に、今、離婚しなかったら、きっと後悔すると思う。
伸介　君は横から口出ししないの。
岡本　どうなんですか、ケイコさん。
ケイコ　後悔するかどうかなんて、後になってみないとわからない。
岡本　たとえ後悔することになっても、構わないって言うんですか？
ケイコ　あの人が、それでいいって言うなら。
岡本　ということは、本郷が謝ったら、もう一度やり直してもいいと思ってるんですね？
竜馬　うまい。今の一言はうまいぞ。
岡本　そうか？
竜馬　長州だって、本心では薩摩と同盟を結びたいんじゃ。しかし、自分から結んでほしいとは、口が裂けても言えん。特にこの桂は、ひどい意地っぱりじゃからな。その桂から、よくぞ本心を引き出した。
カオリ　（岡本に）でもさ、本郷さんは謝る気なんて、全然ないんじゃない？

伸介　口出ししちゃ、ダメだってば。
カオリ　だって、前の時もそうだったじゃない。結局は、お姉ちゃんが諦めて、自分から家へ帰ったのよ。
岡本　あいつにはあいつの考えがあるんです。夫婦なら、謝らなくてもわかるだろうって。
ケイコ　そりゃ、夫婦だもの、わかるわよ。わかるけど、ちゃんと口で言ってほしいのよ。結婚する前は、何でも言ってくれたじゃない。
カオリ　男なんてみんなそうよ。付き合ってる時は一生懸命サービスするけど、結婚した途端に営業終了。ご飯を作っても、パンツを洗っても、女房だから当然だって思うのよ。
伸介　カオリ、僕はそんなこと思ってないよ。お風呂から出て新しいパンツをはくたびに、「カオリ、ありがとう」って感謝してるよ。
カオリ　もう、伸ちゃんたら優しいんだから。
ケイコ　（岡本に）とにかく、あの人が元のあの人に戻らない限り、私は家へ帰りません。
岡本　竜馬。
竜馬　あの時、桂は、西郷が会いに来るまで、自分は萩を動かないと言った。そこでわしは、妥協案を出したんじゃ。
岡本　そうか。西郷を下関まで来させるから、君も下関まで来てくれって言ったんだ。
カオリ　岡本さん、何ブツブツ言ってるの？
岡本　ケイコさん、下関まで来てください。
竜馬　この、べこのかあ。

ケイコ　（岡本に）下関って？

岡本　あなたは迎えに来るまで待つと言い、本郷は帰ってくるまで待つと言う。これではいつまで経っても埒が明きません。だから、どこか別の所で会うことにしましょう。

ケイコ　会ってどうするのよ。

岡本　話をするんですよ。お互い、思ってることを洗いざらいぶちまけて、もう一度初めからやり直すんです。

カオリ　話なんかしても無駄よ。どうせまた喧嘩になるに決まってるんだから。

伸介　やめなさい、カオリ。

ケイコ　あの人、来るかしら。

岡本　僕が来させてみせますよ。あいつは今でも、あなたが好きなんだから。

ケイコ　そうかしら。

竜馬　（岡本に）桂は気位が高いんじゃ。ここで一発、ヨイショするんじゃ。

岡本　（ケイコに）あなたみたいな素敵な人を、忘れられるわけありませんよ。

ケイコ　……岡本さんがそう言うなら。

竜馬　うまい！

岡本　（ケイコに）それじゃ、会いに行ってくれるんですね？

ケイコ　井の頭公園がいいんじゃないかな。あの人もよく知ってるし。

岡本　わかりました。それじゃ、明日の午後一時、井の頭公園に来てください。

竜馬　よし、見事じゃ。

ケイコ　岡本さん。ありがとう。
岡本　いいんですよ。僕はただ、あなたに悲しい顔をさせたくないだけなんです。
ケイコ　よかったら、夕ご飯を食べていかない？　私、これから作るから。
カオリ　本当？　じゃ、私たちはワインでも飲んでようか。
ケイコ　あんたは材料を買ってきて。
カオリ　え？　私が？
伸介　僕も一緒に行くよ。お姉さん、今夜のメニューは？
ケイコ　すきやきなんてどう？
伸介　いいですね。岡本さん、ちょっと待っててくださいね。さあ、カオリ。

ケイコ・カオリ・伸介が去る。

竜馬　どうじゃ。わしの言う通りにやれば、さすがの桂も赤子のようじゃろう。
岡本　よし、今度は西郷だ。
竜馬　こっちはちくと手強いぜよ。褌を締め直してかからんと、あの重い腰は持ち上がらん。
岡本　あんまり自信はないけど、ケイコさんのためだ。がんばるぞ。

7

そこへ、本郷がやってくる。

本郷　何だ、またおまえか。
岡本　あれ？　石倉さんはどうした？
本郷　消えたよ。帰ってきたら、もぬけのからだった。
岡本　ほら、見ろ。やっぱり、おまえは騙されたんだ。棟方さんの言う通りだったんだよ。
本郷　それはどうかな。彼女は、これ以上、俺に迷惑をかけたくないと思った。だから、黙って出ていったのかもしれない。
岡本　まだそんなこと言ってるのか？　おまえに恩を感じてるなら、置き手紙ぐらい、残していくはずだろう？
本郷　まあ、それはそうだ。
岡本　棟方さんに、何て言って謝るんだよ。「家に帰ったらいませんでした」で済むと思ってるのか？
本郷　正直に言うしかないだろう。俺はツアコンとして、やるべきことをやったんだ。後悔は

竜馬　してないさ。

岡本　（岡本に）おい、そろそろ本題に入ったらどうじゃ。

竜馬　そうだった。本郷、おまえはケイコさんのことをどう思ってるんだ。

岡本　またいきなりそれか。

本郷　さっきはうまく行ったじゃないか。

岡本　やっぱりな。ここに来たのは、俺に説教するためか。

本郷　そうじゃない。おまえの気持ちはケイコさんに伝えた。だから、今度は、ケイコさんの気持ちを伝えに来たんだ。

岡本　ケイコは何て言ってた。

本郷　おまえの気持ちはわかるけど、ちゃんと口で言ってほしいってさ。結婚する前は、何でも言ってくれたじゃないって。

本郷　バカ。いつまでも恋人気分でいられるか。何かしてもらうたびに、「ありがとう、ケイコたん」なんて言ってたら、気持ち悪いだろう。

岡本　おまえ、ケイコたんなんて呼んでたのか？

竜馬　べこのかあ。ここで西郷を怒らせてどうする。

本郷　（岡本に）それで、ケイコは帰ってくるのか。

竜馬　（岡本に）ほら、怒っちゃった。

岡本　（本郷に）おまえが迎えに来るまで待つってさ。

本郷　俺はあいつが帰ってくるまで待つ。どこまで行っても平行線だな。

竜馬　（岡本に）仕方ない。ここで妥協案を出してみろ。
岡本　（本郷に）おまえはケイコさんの所へ行きたくないし、ケイコさんもおまえの所へ行きたくない。だったら、別の所へ行って、話をすればいいじゃないか。
本郷　どこで。
岡本　明日の午後一時、井の頭公園ていうのはどうだ。
本郷　井の頭公園？　大の男が、そんなチャラチャラした所へ行けるか。
岡本　ケイコさんは、おまえもよく知ってるって言ってたぞ。
本郷　そりゃ、一度ぐらいは行ったことあるけど。
岡本　ケイコさんも妥協したんだ。おまえだって、少しは妥協してもいいだろう。
本郷　俺は妥協は嫌いだ。
岡本　え？
本郷　俺たち夫婦の家はここだ。話をするなら、ここですべきだ。
岡本　（竜馬に）西郷は妥協案を受け入れるんじゃないのか？
竜馬　じゃから、言うたろう。西郷は腰が重いと。
本郷　（岡本に）それがイヤなら、話はしない。別れるしかないんだ。
岡本　本当にそれでいいのか？　今、離婚して、絶対に後悔しないか？
本郷　後悔はしない。物凄く落ち込むとは思うが。
岡本　そうだろう？　落ち込むだろう？　おまえはやっぱり、ケイコさんのことが好きなんだよ。

竜馬　西郷は情では動かん。義で押すんじゃ。
岡本　義って何だよ。
竜馬　男が男として生きる道よ。何でもいいから、それでも男かと言ってやれ。
岡本　(本郷に)それでも男か。
竜馬　なぜそのまま言う。
本郷　(岡本に)どういう意味だ。
岡本　自分の体面ばっかり気にして、少しはケイコさんの身にもなってみろ。おまえは一人で生きていけるかもしれないけど、ケイコさんにはおまえが必要なんだ。そんなこともわからないで、大の男だなんて威張るな。

竜馬　おまん、言う時は言うのう。
本郷　(岡本に)ケイコがそう言ったのか?
岡本　言わなくても、俺にはわかる。他人の俺にわかるのに、どうして夫のおまえがわかってやらないんだよ。

本郷　確かに、夫としては落第かもしれないな。
竜馬　(岡本に)お、今の科白、結構効いたらしいぞ。
岡本　(本郷に)会いに行ってくれるか、ケイコさんに。
本郷　しかし、井の頭公園ていうのはな。
竜馬　(岡本に)行け。もう一押しじゃ。
岡本　(本郷に)場所なんかどこでもいいだろう?　大事なのは、話をすることなんだよ。

そこへ、石倉がやってくる。肩にはバッグ、手には紙袋。

石倉　あれ？　もう帰ってたんですか？
竜馬　あと一押しじゃったのに。
本郷　石倉さん。今までどこへ行ってたんですか。
石倉　私のマンションへ。あの人、もう諦めて帰ったんじゃないかと思って。
本郷　しかし、まだ諦めてなかった？
石倉　ドアの前に座り込んで、眠ってました。すいませんけど、もう一晩だけここに泊めてもらえませんか？
岡本　石倉さん。あなた、嘘をついてましたね？
石倉　嘘って？
岡本　しらばっくれてもダメですよ。話は全部、旦那さんから聞きました。
石倉　本郷さん、この人、何言ってるんですか？
本郷　今日、うちの会社に、あなたの旦那さんて名乗る人が来たんです。棟方って人なんですが。
石倉　あの人が、会社に来たんですか？
岡本　ほら、やっぱり知ってるんじゃないか。
石倉　私の夫だって言ったんですか？　それはとんでもない嘘ですよ。あの人は、私の婚約者

岡本　に贋作を描かせた人です。
石倉　でも、うちの課長は、貿易会社を経営してるって。
表向きはそうですけど、裏では贋作や盗品を売り捌いてるんです。あんな人が私の夫だなんて、冗談じゃないわ。
岡本　でも、そんな人が、どうしてあなたの行方を探すんです。
石倉　時田に頼まれたんでしょう。
岡本　時田って？
石倉　あたしの元婚約者。私を連れ戻してくるまで、次の作品は描かないとか言って、棟方を脅したんだわ。
岡本　そうか。やっぱり大嘘つきはあいつだったんだ。
竜馬　調子のいいことを言うな。さっきまでは、彼女を嘘つき呼ばわりしちょったくせに。
本郷　（石倉に）そういうことなら、今夜もここに泊まってください。明日は僕と一緒に、会社へ行きましょう。
岡本　彼女を棟方に会わせるのか？
本郷　（石倉に）あなたの口から、時田さんとは別れたって言うんです。それでも諦めなかったら、彼らのしていることを警察に訴えるしかない。
石倉　警察に？
本郷　仕方ないでしょう。それとも、何かまずいことでもあるんですか？

チャイムの音。

岡本　棟方じゃないだろうな？
本郷　俺が見てくる。（石倉に）あなたは奥に隠れていてください。

本郷が去る。

石倉　あの、本郷さんの奥さんは、まだ帰ってこないんですか？
岡本　こんな時になんですか。
石倉　私のせいで家出しちゃったから、なんだか申し訳なくて。今、どこにいるんですか？
岡本　どこでもいいでしょう。早く奥へ行って。

そこへ、棟方が走ってくる。後を追って、本郷・小久保課長も走ってくる。

棟方　ともみ。
本郷　棟方さん。人の家に勝手に上がり込むなんて、失礼じゃないですか？
棟方　僕はともみと話がしたいだけだ。
岡本　課長がこの人を連れてきたんですか？
小久保課長　仕方なかったんです。どうしても明日まで待てないって言うから。

棟方　ともみ、こっちへ来い。
小久保課長　棟方君、気持ちはわかるけど、落ち着いて。
棟方　（石倉に）どうして家に帰ってこないんだ。僕がどれだけ心配したと思ってるんだ。
岡本　棟方さん、もうお芝居はやめましょう。
小久保課長　お芝居って？
岡本　（棟方に）話は全部、彼女から聞きましたよ。会社の社長だなんて偉そうなこと言って、裏ではとんでもない商売をしてるんじゃないですか。
本郷　いや、それはまだわからないぞ。
岡本　え？
本郷　彼女の話が本当なら、棟方さんは大嘘つきだ。しかし、棟方さんの話が本当なら、彼女の方が大嘘つきということになる。
岡本　ちょっと待てよ。おまえは彼女の話を信じたんじゃないのか？
本郷　俺はどっちも信じてない。
竜馬　さすが西郷。慎重を絵に描いたような男じゃのう。
岡本　（本郷に）彼女の話を信じたから、彼女を匿ったんじゃないのか？
本郷　彼女は客だ。だから、一応は信じるさ。しかし、常に騙された時のことを考えておく。それがプロのツアコンだろう。
竜馬　それが男というものよ。
本郷　こうなったら、直に話し合ってもらうしかない。（棟方・石倉に）どっちの言うことが本

石倉　当か、ここで決着をつけようじゃないですか。
棟方　本郷さん、信じて。この人は、私の婚約者を悪の道に引きずりこんだのよ。
石倉　ともみ。僕を悪者にして、そんなに楽しいのか？
棟方　やめてよ、変なお芝居するの。
石倉　君こそ、芝居はやめろ。僕と別れたいんなら、はっきりそう言えばいいだろう。
棟方　結婚もしてないのに、どうやって別れるのよ。
石倉　また独身のふりか。そう言って、この人を騙したんだな？
棟方　騙したのは、あなたでしょう？
石倉　そうか。君はこの人を本気で好きになってしまったんだな？
棟方　もうイヤ。あなたなんかと話しても無駄。
石倉　僕は別れないぞ。僕は今でも君を愛してるんだから。（と石倉の腕をつかむ）
棟方　いや、放して！（と棟方の手を振り払う）

石倉が走り去る。が、すぐに戻ってくる。

岡本　石倉さん、どうしたんですか？
本郷　おまえは……。

石倉の後ろから、時田がやってくる。手には拳銃。

時田　昨日はいろいろ世話になったな。
本郷　こんな所へ、何しに来た。モデルガンのセールスか。
時田　これがモデルガンに見えるか？
本郷　本物だったら、撃ってみろ。どうした。やっぱり撃てないのか？
時田　どうしても死にたいらしいな。（と本郷に拳銃を向ける）
棟方　やめろ、撃つな！（と時田に歩み寄って）誰がこんなものを持ってこいと言った。（と拳銃を奪い取る）
小久保課長　棟方君、まさか……。
棟方　仕方がない。芝居の時間はここまでだ。（と小久保課長に拳銃を向ける）
本郷　貴様！
棟方　動くな。残念ながら、こいつは本物だ。撃てば、誰かが死ぬんだよ。
岡本　竜馬！
竜馬　わしに頼るな。男なら、自分の力で切り抜けてみろ。
小久保課長　棟方君、君は僕を騙してたのか？
棟方　済まなかったな。おまえを傷つけるつもりはなかったんだ。
小久保課長　高校時代は、まじめな美化委員だったのに。
棟方　人間ていうのは、時間が経つと変わるんだ。おまえが知ってる棟方は、もうこの世にはいないんだよ。時田、ともみのバッグを調べろ。

時田が石倉の手からバッグを奪い取る。床に下ろして、中を調べる。

竜馬 どうやら、二人とも嘘をついていたようじゃな。
岡本 二人とも?
竜馬 こいつらの狙いはあの女ではない。何か別の物らしい。
棟方 (時田に)どうだ。あったか。
時田 いいえ。この中にはありません。
棟方 (石倉に)この家のどこかに隠したのか。
本郷 彼女が何を隠したって言うんだ。
棟方 おまえに聞いてるんじゃない。(石倉に)おい、どうなんだ。
石倉 ほしかったら、自分で探せばいいじゃない。
小久保課長 バカ、ピストルを持ってる人に向かって、何てことを言うんですか。
棟方 (石倉に)どうしても痛い目に会いたいようだな。

棟方が石倉に近づく。本郷が石倉の前に立つ。

本郷 やめろ。
棟方 おまえが男らしいのはよくわかったから、素直にその女を渡せ。

本郷　この人は、俺の客だ。
竜馬　（岡本に）今じゃ。
棟方　（本郷に）さすがはプロのツアコンだ。しかし、その女はおまえを騙したんだぞ。
竜馬　（岡本に）あいつの背中に体当たりするんじゃ。
本郷　（棟方に）ツアーにはいろんな客が来る。それがたとえ詐欺師だったとしても、ツアーが終わるまでは俺が守る。
竜馬　（岡本に）何しちょる。早くやらんか。
棟方　（本郷に）おまえのツアーは、まだ終わってないってわけか。だったら、俺が終わりにしてやろう。（と本郷に拳銃を向ける）
竜馬　（岡本に）怖がるな。おまん、男じゃろう。

岡本が棟方に体当たりをする。棟方が倒れる。時田が岡本に飛びかかる。本郷が時田を引き剥がす。棟方が岡本に拳銃を向ける。その腕に、石倉がしがみつく。岡本が拳銃をつかむ。棟方が石倉・岡本を振り払う。二人が転ぶ。が、拳銃は岡本の手の中に。

時田　貴様！（と岡本に近寄る）
棟方　バカ、慌てるな！（岡本に）おい、こっちによこせ。
岡本　拳銃だ。俺は前から、本物の拳銃を持ってみたかったんだ。
棟方　そうか、持ててよかったな。しかし、素人が振り回すと、大怪我をするぞ。

岡本　素人とは何だ。拳銃の撃ち方ぐらい、映画で見て、知ってるんだ。（と棟方に拳銃を向ける）

小久保課長　岡本君、君は人殺しになりたいんですか?

時田　殺せるもんなら、殺してみろ。（と岡本に近寄る）

棟方　やめろ、時田！　下手に刺激すると、本当に撃ちやがるぞ。

小久保課長　本郷君、今のうちに逃げましょう。

本郷　それより、警察を呼んだ方がいいでしょう。

小久保課長　警察が来る前に、こいつらの仲間が来たらどうするんです。もっと恐しいヤツが。

本郷　わかりましたよ。岡本、行くぞ。

岡本　（時田に）動くなよ。動くと動けなくするぞ。

竜馬　いいから、早く行くんじゃ。

本郷・石倉・小久保課長が去る。後を追って、岡本・竜馬も去る。岡本が背中を向けると同時に、棟方・時田も走り去る。

8

カオリがやってくる。周囲を見回す。反対側から、ケイコがやってくる。

ケイコ カオリ、こっちこっち。

カオリ あー、疲れた。結局、一周してきちゃった。

ケイコ やっぱり、どこにもいなかったでしょう?

カオリ 隅から隅まで、カップルばっかり。一人でウロウロしてたら、恥ずかしくなってきちゃった。

ケイコ だから、探しても無駄だって言ったのよ。あの人が来るとしたら、ここしか考えられないんだから。

カオリ どうして?

ケイコ へへエ。(と笑う)

カオリ 何、その顔。笑ってごまかしても、全然かわいくないよ。

ケイコ 結婚する前は、ここでよく待ち合わせしたの。あの人に井の頭公園て言えば、すぐにボート乗り場ってわかるの。

カオリ　へえ。二人でボートに乗ったりしたんだ。
ケイコ　あの人、体を動かすのが好きじゃない。ボートに乗ると、漕ぐのに夢中になっちゃってさ。私の話なんか、全然聞いてないのよ。
カオリ　でも、とっても楽しかったんでしょう？
ケイコ　まあね。（と時計を見る）
カオリ　そろそろ諦めた方がいいんじゃない？
ケイコ　二時までは待ってみようよ。時間を間違えたって可能性もあるし。
カオリ　気持ちはわかるけど、何時まで待っても同じよ。お姉ちゃんはすっぽかされたのよ。
ケイコ　でも、岡本さんは「絶対に来る」って言ったよ。
カオリ　そう言えば、岡本さんは？
ケイコ　電話。念のために、会社にかけてみるって。
カオリ　日曜日に仕事？
ケイコ　ツアコンには、土曜も日曜もないのよ。
カオリ　お姉ちゃん、とんでもない人と結婚しちゃったね。
ケイコ　そう？
カオリ　やっぱり、お姉ちゃんには合ってなかったのよ。お姉ちゃんはね、いつもそばにいて、いろいろ世話を焼いてくれるような、優しい人じゃないとダメなの。たとえば、岡本さんとか。
ケイコ　え？　あの人？

カオリ　そうだ。手っ取り早く、岡本さんに乗り換えちゃったら？
ケイコ　バカなこと、言わないでよ。
カオリ　どうして？　お姉ちゃん、岡本さんのこと、嫌いなの？
ケイコ　私はともかく、岡本さんには、そんな気、全然ないんだから。

そこへ、岡本・竜馬・伸介がやってくる。岡本の手には紙袋。

岡本　あれ？　やっぱりまだ来てないのか。
ケイコ　会社にはいなかったの？
岡本　ええ。今日は誰も顔を見てないそうです。
ケイコ　寝坊して、まだ家にいるのかな。
岡本　そう思って、家にもかけてみたけど、留守番電話になってました。
伸介　今頃、こっちへ向かってるんじゃないですか？
カオリ　でも、もう二時よ。やっぱり、すっぽかされたのよ。
竜馬　ま、西郷はそういう男よ。
岡本　え？
竜馬　わしの時も約束をすっぽかしたんじゃ。西郷は薩摩から船に乗って下関へ向かった。が、船は下関を通り過ぎて、大阪へ向かったんじゃ。
岡本　そうだった。京都から「すぐに来い」って連絡が入って、下関には止まらなかったんだ。

竜馬　それは西郷の言い訳よ。実際は、気が変わったんじゃ。何も慌てて同盟を結ぶことはないと、また慎重になったのよ。

岡本　本郷も、西郷みたいに気が変わったのかな。

カオリ　また一人でブツブツ言ってる。お姉ちゃん、やっぱりこの人はやめた方がいいみたい。

ケイコ　岡本さん。あの人は、本当にここへ来るって言ったの？

岡本　確かに言いました。昨夜、別れ際に、「行けたら行く」って。

カオリ　「行けたら行く」？　何よ、その言い方。

ケイコ　（岡本に）あなた、「絶対に来る」って言ったじゃない。

岡本　それはつまり、僕の願いもこめて言ったわけで。

カオリ　冗談じゃないわよ。お姉ちゃんはあなたを信用したから、ここまで来たのよ。私は無駄だって言ったのに、岡本さんならきっと何とかしくれるって。

岡本　僕も何とかしようとは思ってたんですが。

カオリ　でも、何とかならなかった。あなたはお姉ちゃんを騙したのよ。

伸介　カオリ、今のは言い過ぎだよ。岡本さんは精一杯努力してくれたんだ。

岡本　努力したって、結果がこれじゃ、意味ないですよ。（ケイコに）本当にすいませんでした。

カオリ　すいませんじゃすまないわよ。お姉ちゃん、帰ろう。

ケイコ　また一晩、泊めてくれるの？

カオリ　仕方ないわよ。でも、明日は区役所へ行って、離婚届をもらってくるのよ。

岡本　離婚届？　そこまで話を進めなくても。

カオリ　あなたは口出ししないでよ。これはお姉ちゃんの問題なんだから。
岡本　でも、本郷にだって、何か事情があったのかもしれないし。
カオリ　それを何とかするのが、あなたの仕事だったんでしょう？　もうあなたみたいな役立たずに用はないの。さようなら。
竜馬　今、何と言うた。役立たずじゃと？
伸介　カオリ、今のはひどすぎるんじゃないか？
竜馬　そうじゃ。亭主のおまんから、ビシッと言ってやれ。言ってやらんと、一生尻に敷かれるぞ。
カオリ　何よ。伸ちゃん、怒ったの？
伸介　バカ。僕が怒るわけないじゃないか。
カオリ　よかった。（岡本に）聞こえなかったの、役立たず。私はさようならって言ったのよ。
ケイコ　カオリ、岡本さんに謝りなさい。
カオリ　どうしてよ。
ケイコ　岡本さんは、私のためにできるだけのことをしてくれたのよ。そんな人に向かって、役立たずなんて失礼じゃない。
カオリ　実際役に立たなかったから、役立たずって言ったのよ。私は間違ったこと言ってないわ。
ケイコ　私は岡本さんに感謝してるの。自分のことでもないのに、ここまで一生懸命やってくれたんだもの。
伸介　なかなかできることじゃありませんよ。家族でも親戚でもないのに。

カオリ　どうせ、下心があったのよ。
竜馬　下心じゃと？
カオリ　（ケイコに）お姉ちゃんに気があるから、必要以上に親切にしてくれたのよ。
竜馬　もう勘弁ならん。（と大刀を抜いて）そこへなおれ。わしが成敗してくれる。
ケイコ　カオリ、今の本気？
カオリ　私は絶対に謝らないからね。
ケイコ　ごめんなさい、岡本さん。
岡本　いいですよ。悪いのは僕なんだから。
ケイコ　（カオリに）あんたは先に帰って。私は岡本さんと話があるから。
カオリ　勝手にすれば。行こう、伸ちゃん。（と歩き出す）
伸介　待ちなさい、カオリ。岡本さん、僕は最後まで応援してますからね。じゃ。

カオリ・伸介が去る。

岡本　すいません。僕のせいで、姉妹喧嘩までさせちゃって。
ケイコ　岡本さん、ボートに乗らない？
岡本　え？　ボートですか？
ケイコ　私、ここへ来たら、ボートに乗るって決めてるのよ。いいでしょう？
竜馬　こいつを船に乗せたら、面倒なことになるぞ。

岡本　（ケイコに）わかりました。乗りましょう。
竜馬　おまん、酔ってもいいのか？
岡本　ケイコさんは落ち込んでるんだ。俺が何とかしてあげなくちゃ。
竜馬　おまんの方がもっと落ち込むことになるぞ。どうなっても知らんぞ。

岡本・ケイコがボートに乗る。後から、竜馬も飛び乗る。

ケイコ　どうしたの？　急に黙っちゃって。
岡本　いや、久しぶりだから、どうやって漕ぐのか忘れちゃって。
ケイコ　オールはあんまり深く差し込まない方がいいみたい。
岡本　詳しいんですね。
ケイコ　まあね。そう言えば、その袋、何が入ってるの？
岡本　いや、これは……。
竜馬　隠すことはなかろう。彼女にやるために持ってきたんじゃから。
岡本　違うよ。俺は本郷にやろうと思ってたんだ。あいつ、きっと忘れてるから。
ケイコ　忘れてるって、何を？
岡本　ほら、今日は大切な日だって言ってたでしょう？
ケイコ　大切な日？
岡本　結婚記念日ですよ、三回目の。

ケイコ　そうか。自分のことなのに、すっかり忘れてた。
岡本　よかったら、これ。
ケイコ　私にくれるの？
岡本　期待しちゃダメですよ。急だったから、あんまり探す暇がなくて。
竜馬　その上、銭もなくてな。
岡本　（ケイコに）はっきり言って、安物なんです。
ケイコ　いいわよ。プレゼントっていうのは気持ちでしょう？
岡本　そうですよね？　実はこれなんですけど。（とトングを出す）
ケイコ　何、それ。
岡本　トングですよ。ほら、スパゲティを作る時、麺をすくうヤツ。
ケイコ　あーあー、イタリア人が持ってるヤツね？
岡本　日本人だって持ってますよ。ケイコさん、スパゲティが好きだって言ってたでしょう？
ケイコ　そんなこと言ったっけ？
岡本　ほら、一昨日、空港のレストランで会った時。
ケイコ　あーあー、シーフード・スパゲティね？
岡本　これを使って、家でも作ってくださいよ。スプーンとフォークもあるんですよ。（とスプーン・フォークを出す）
竜馬　（ケイコに）どこで売ってるのかわからなくて、百貨店の中を駆けずり回ったんじゃ。気持ちだけは汲んでやってくれ。

ケイコ　(岡本に) ありがとう。でも、私、スパゲティはそんなに好きじゃないのよ。
岡本　でも、あの時。
ケイコ　あそこのシーフード・スパゲティは特別なの。初めてあれを食べたのはね、三年前のツアーの帰りなの。
岡本　もしかして、本郷と初めて会った時のツアーですか？
ケイコ　(うなずいて) 私、向こうで熱を出しちゃってさ。あの人、寝ないで看病してくれたのよ。「これも仕事のうちですから」とか何とか言っちゃってさ。怖い顔してるけど、本当は優しい人なんだなって思ったんだ。でも、ツアーが終わったら、それでお別れじゃない？　飛行機を降りて、手荷物を受け取って、「もう二度と会えないのかな」って、あの人の顔を見たら、「食事でもしていきますか」って。
岡本　そして、二人でシーフード・スパゲティを食べた。
ケイコ　三年前もまずかったのよ。でも、味なんか関係ない。私たち二人にとっては、大切な思い出なの。
岡本　だったら、これでスパゲティを作って、本郷に食べさせてやってくださいよ。
ケイコ　あの人はもう覚えてないわよ。
岡本　そんなことないですよ。あいつの気持ちは変わってません。ただ、言葉にするのが照れ臭いだけなんです。
ケイコ　三年前はそうじゃなかった。
岡本　わかってます。僕が必ず、「ありがとう」って言わせてみせますよ。

竜馬　おまん、まだ諦めちょらんのか？
岡本　諦めるもんか。長州は今、一人ぼっちなんだ。薩長同盟を結ばなかったら、幕府に倒されるんだ。
竜馬　やけに長州に肩入れしちょるな。もしかして、惚れたのか？
岡本　バカ。相手は人妻だぞ。
竜馬　別れてしまえば、ただの女じゃ。おまんにはとっては、その方が都合がいいかもしれんぞ。
岡本　坂本竜馬が薩長同盟を否定するようなことを言うなウップ。
ケイコ　どうしたの？　顔色が真っ青。
竜馬　じゃから、船はやめろと言うたんじゃ。
岡本　すいませんけど、ボートを岸までつけてくれませんかウップ。
ケイコ　大丈夫？　この前、タクシーに乗った時みたい。
竜馬　いや、あの時より事態は深刻じゃな。

三人がボートを降りる。ケイコが岡本に肩を貸す。

ケイコ　歩ける？　向こうのベンチで横になったら？
竜馬　情けない男じゃのう。こんな男に、本当に長州が助けられるのかい。

三人が去る。

9

本郷・石倉がやってくる。本郷の手にはトランクと紙袋。石倉の肩にはバッグ。反対側から、さなえがやってくる。

さなえ　おはよう、本郷君。
本郷　おはようございます。岡本はまだ来てないですか？
さなえ　私は見てないけど。それより、課長が話があるってさ。
本郷　課長、もう来てるんですか？
さなえ　君に会いたくて、珍しく早起きしてきたみたい。聞いたわよ、一昨日の晩のこと。
本郷　ひどい目に遇いましたよ。岡本のおかげで、何とか助かったけど。
さなえ　そうなんだってね。岡本君にそんな度胸があったなんて、信じられないわ。
本郷　あいつ、最近、やたらと男っぽいんですよ。
さなえ　失恋して、少しは成長したのかな。
本郷　それは違う。男が成長するのは、女を好きになった時だ。
さなえ　あの人、もう新しい彼女を見つけたの？　もしかして、この人？

本郷　違いますよ。この人は、俺に嘘をついた石倉さん。
石倉　(さなえに) はじめまして。嘘つきの石倉です。

そこへ、小久保課長がやってくる。

小久保課長　あ、本郷君。昨日は、どうして連絡をよこさなかったんです。
本郷　すいません。いろいろと忙しくて。
小久保課長　心配してたんですよ。また何かあったんじゃないかって。で、一昨日はあの後、どこへ行ったんです。
本郷　二人でビジネスホテルに泊まりました。そこで、彼女から本当の事情を聞いたんです。
小久保課長　今度は本当に本当なんでしょうね?
本郷　本当です。昨日一日かけて、全部確かめました。
小久保課長　じゃ、話してください。この人は、一体何者だったんです。
本郷　(石倉に) 自分の口で言ったらどうです。
石倉　(小久保課長に) 私は、棟方が経営している貿易会社の社員です。今年の四月に入社したばっかりですけど。
さなえ　ただの新入社員が、どうして社長に追われてるの? まさか、会社のお金でも使い込んだの?
石倉　使い込んだんじゃなくて、持ち逃げしたんです。ロスで買った、一枚三〇万ドルの絵を

小久保課長　三枚。
さなえ　三〇万ドル？　一ドル一〇五円で換算すると……。
石倉　三一五〇万円。
小久保課長　それが三枚だから、全部で九〇万ドル。
さなえ　九〇万ドル？　一ドル一〇五円で換算すると……。
本郷　九四五〇万円。
（紙袋から新聞を取り出して）三日前の新聞ですけど、この記事は読みましたか？（と小久保課長に差し出す）
小久保課長　（受け取って）「ボストン美術館で浮世絵発見」？
さなえ　（本郷に）私、読んだ。地下の倉庫から、四千枚の浮世絵が出てきたってヤツでしょう？
本郷　（小久保課長に）見つかったのは、いつって書いてあります。
小久保課長　二週間前。「整理するのに、二週間かかった」って書いてあります。
本郷　その間に、整理していた美術館員が、何枚か横流ししたんです。棟方が買ったのは、中でもとびきり価値の高い三枚だった。
さなえ　（石倉に）それを、あなたに取りに行かせたのね？
石倉　私は何も知らなかったんです。確かに、仕事に行くのにツアーを利用するなんて、おかしいなとは思いました。でも、中には取引を秘密にしたがるお客さんもいるし。
さなえ　日本人が高い絵を買うと、すぐにマスコミが騒ぐもんね。
石倉　そのニュースは、帰りの飛行機の中で知ったんです。自分の持っている絵が、盗んだ物

さなえ　かもしれないと思ったら、怖くなっちゃって。
石倉　それで、思わず持ち逃げしちゃったわけだ。
小久保課長　やっぱり、元の美術館に返した方がいいだろうと思って。
さなえ　当たり前です。でも、棟方君は困るでしょうね。九〇万ドル丸損てことになるんだから。
石倉　（石倉に）ピストルまで持ち出してきたみたいだし、ここは警察に届けた方がいいんじゃない？
さなえ　そんなことをしたら、私まで逮捕されちゃいます。
小久保課長　あなたは何も知らなかったんでしょう？　大した罪にはならないわよ。
でも、うちの会社はどうなるんです？　ツアーの客が密輸事件に関わっていたなんて。
マスコミにバレたら、とんでもないことになりますよ。
本郷　会社なんかどうでもいい。しかし、今、警察に届けるわけにはいかないんです。
さなえ　どうして？
石倉　私が、絵をなくしてしまったんです。
小久保課長　三枚で九〇万ドルもするヤツを？
石倉　（本郷から紙袋を取って）アメリカから持ち出す時、絵はこの袋の中に入れておいたんです。でも、本郷さんも同じ袋を持っていて、どこかで入れ替わっちゃったみたいで。
本郷　（小久保課長に）俺の袋は、今、女房が持ってるんです。絵はその中にあるはずなんですが。
さなえ　奥さんには聞いてみたの？

本郷　聞きたくても聞けないんですよ。今、家を出ちゃってるんで。
小久保課長　実家には電話した？
本郷　それが、実家には帰ってなかったんです。
さなえ　他に行きそうな所は？　心当たりはないの？
本郷　悔しいけど、ありません。岡本に聞けばわかるかもしれませんが。

そこへ、岡本・竜馬がやってくる。

さなえ　岡本君！
小久保課長　本郷君の奥さんはどこです。今すぐ、ここへ連れてきなさい。
岡本　何ですか、いきなり。
本郷　岡本、ケイコは今、どこにいるんだ。おまえ、居場所を知ってるんだろう？
岡本　やっと迎えに行く気になってくれたのか？
本郷　そうじゃない。ちょっと探し物があるんだ。ケイコに聞けば、わかるんじゃないかと思って。
岡本　探し物？　そんなの、自分で探せばいいじゃないか。
小久保課長　岡本君、これは課長命令です。今すぐ、奥さんの居場所を言いなさい。
岡本　課長は黙っててください。これは本郷たち二人の問題なんだから。
小久保課長　二人の問題なんかどうでもいいんです。こっちには、九〇万ドルってお金がかかってる

岡本　んですよ。

本郷　九〇万ドルが何です。ケイコさんの笑顔には、一〇〇万ドルの価値があるんですよ。（本郷に）それなのに、また悲しい顔をさせやがって。

岡本　昨日の約束のことか。俺も行こうかどうか迷ったんだ。

本郷　迷う前に、どうして来ないんだ。

岡本　他にやらなければならない仕事があったんだ。

仕事、仕事、仕事。何かって言うと、仕事を言い訳にしやがって。結局、謝るのがイヤなだけなんじゃないか。

竜馬　べこのかあ。西郷を責めるな。責めるとまたヘソを曲げるぞ。

岡本　でも、俺はケイコさんがかわいそうで。

竜馬　気持ちはわかるが、感情的になってはいかん。過去を責めるより、未来を提案するんじゃ。

岡本　でも……。

本郷　確かに、約束を破ったのは悪かった。しかし、今は一刻も早く、ケイコの居場所を知りたいんだ。

岡本　何のために。

石倉　私がロスから持ってきた絵を、ケイコさんが持ってるんです。

岡本　絵って、何のことですか？

本郷　棟方が狙っていたのは、ボストン美術館から盗み出された絵だったんだ。

岡本　何だって？

石倉　（袋を差し出して）ケイコさんは、これと同じ袋を持ってませんでしたか？
岡本　さあ、どうだったかな。
石倉　中には、ワインが入ってたんですけど。
岡本　ワイン？　それなら、一昨日の晩、ケイコさんが持ってた。きっとヤケ酒を飲んでたんだ。かわいそうに。
石倉　そのワインを包んであったのが、あの絵なんです。
小久保課長　一枚三十万ドルもする絵を、包み紙にしたんですか？
石倉　そうすれば税関がごまかせるって、棟方に言われたんで。
さなえ　（岡本に）それで、ケイコさんは今、どこにいるの？
岡本　ケイコさんは、三日前からずっと――
竜馬　待て。ここですぐに言うてはいかん。
岡本　どうして？
竜馬　薩長同盟を結ばせる、絶好の機会じゃとは思わんのか？
岡本　そうか。（他の四人に）ちょっと待っててください。
小久保課長　岡本君、どこへ行くんです。
岡本　ウップ。
小久保課長　また乗り物酔いですか？　早くトイレへ行きなさい！

岡本・竜馬が隅の方へ行く。

竜馬　いいか。西郷が約束を破った後、わしは反省した。人の心とは弱いものよ。行ったら謝らねばならんと思うと、どうしても足が近づきにくくなるんじゃ。

岡本　だから、竜馬は心じゃなくて、物で近づけようとしたんだ。

竜馬　その通り。あの時、長州は銃をほしがっちょった。が、幕府が邪魔して買うことができん。そこでわしが、薩摩から買わせることにしたのよ。

岡本　銃を売り買いするためには、会って契約しなくちゃならないもんな。

竜馬　今度の場合は絵じゃろう。

岡本　本郷は絵をほしがってる。だから、絵を取りに行くという理由で、ケイコさんの所へ行かせればいいんだ。

竜馬　薩摩と長州が逆じゃが、まあ仕方ない。さあ、行って話をつけてこい。

岡本　よし。

岡本が本郷の前に立つ。

岡本　本郷、おまえは絵がほしいんだな？

本郷　そうだ。早く手に入れて、警察に届けないと、また棟方が襲ってくる。

岡本　だったら、すぐに取りに行け。場所は俺が教えてやる。そのかわり、一つだけ条件がある。ケイコさんに会ったら、まず最初に――

小久保課長　ちょっと待ってください。本郷君が行くっていうのは無理じゃないですか？
岡本　どうしてですか？
小久保課長　だって、今日はツアーの出発日でしょう？　確か、三時の飛行機でしたよね？
本郷　絵を取りに行くだけだ。充分、間に合いますよ。
小久保課長　奥さん、素直に絵を渡してくれますかね。喧嘩して、家を飛び出したんでしょう？
さなえ　本郷君が行ったら、また喧嘩になるかもしれませんね。
岡本　（本郷に）だから、まず最初に「ありがとう」って言うんだ。それすればケイコさんだって――
小久保課長　（本郷に）そうだ。かわりに、岡本君に行ってもらいましょう。
岡本　僕が？　でも、僕が行ったら薩長同盟が――
さなえ　それがいいわ。喧嘩して、絵を破かれでもしたら、九〇万ドルがパアだもの。
岡本　でも、九〇万ドルより一〇〇万ドルの笑顔の方が――
小久保課長　そんなに笑顔が見たいなら、僕の笑顔で我慢しなさい。
本郷　（岡本に）おまえが行けば、ケイコは喜んで話を聞くだろう。
岡本　そうかな？
竜馬　べこのかあ。おまんが行ってどうするんじゃ。
岡本　（本郷に）ダメダメダメ。やっぱりおまえが行かなくちゃダメだ。
本郷　岡本、頼む。俺が出発に遅れたら、ツアーの客に迷惑がかかるんだ。
岡本　しかし……。

本郷　（紙袋を差し出して）これをケイコに渡してくれ。この前、渡せなかった、ツアーのおみやげだ。
岡本　（受け取って）こんなの、自分で渡せばいいだろう？
小久保課長　つべこべ言わずに、早く行きなさい。これは課長命令ですよ。
さなえ　（岡本に）それで、ケイコさんは今、どこにいるの？
岡本　妹さんのマンションです。
本郷　あいつ、カオリちゃんの所へ行ってたのか？　まだ新婚なのに。
小久保課長　（岡本に）いいから、早く行きなさいってば。
岡本　竜馬。
竜馬　じゃから、最初に言うたろう。おまんにわしの真似は無理じゃと。
小久保課長　（岡本に）行けって言ってるのが聞こえないんですか？
岡本　本郷。もうどうなっても知らないからな。

岡本が走り去る。後を追って、竜馬も走り去る。

さなえ　ねえねえ、三〇万ドルもする絵って、どんな絵なの？
石倉　つまらない風景画ですよ。でも、日本国内には完全な形のものが一枚も残ってないヤツだから、倍以上の値段がつくはずです。
小久保課長　密輸って儲かるんですね。でも、あのまじめな棟方君が、そんな悪いことをしていたなんて……。

さなえ (石倉に)で、作者は誰なの? 北斎? 歌麿?

石倉 いいえ。幕末を代表する風景画家、安藤広重。

本郷・石倉・小久保課長・さなえが去る。

10

棟方がやってくる。手には文庫本。

棟方　「総司、見ろ。これは何だ」「刀ですね」「刀とは、人を斬るために作られたものだ。その目的は単純だ。しかし、見ろ、この美しさを。刀は女より美しい。粛然として、男子の鉄腸を引き締める。目的は単純なものほどよいのだ。単純であればあるほど、その身は研ぎ澄まされ、美しく輝く」「確かにそうですね」「ならば、佐幕だ勤皇だと迷うことはない。我々は武士だ。武士は義のためにのみ生きればよいのだ」「なるほど。トシさんはそれが言いたかったんですか」「なあ、総司。俺は世の中がどうなろうとも、たとえ幕軍が全部敗れて、最後の一人になろうとも、俺はやるぜ。男の一生というものは、美しさを作るためのものだ。自分自身のな」

反対側から、時田がやってくる。

時田　社長、ただいま戻りました。

棟方　え？

時田　ビッグ・ニュースです。ともみが姿を現しました。

棟方　やっぱり、本郷のマンションへ戻ってきたのか。

時田　七時すぎに、本郷と一緒に。三十分ほどして、また出ていきました。

棟方　俺の思った通りだ。ともみのヤツ、やっぱりあのマンションに隠してたんだ。

時田　あれほど探しても、見つからなかったのに。

棟方　浮世絵はただの紙だ。丸めれば、掃除機の筒の中にだって入るんだよ。

時田　掃除機の筒の中か。そこだけは探しませんでした。

棟方　で、ヤツらはその後、どこへ行った。

時田　本郷の会社へ。しばらく待ったんですが、出てくる気配がないんで、とりあえず社長に報告しておこうと思って。

棟方　報告だったら、電話で済むだろう。

時田　でも、何回かけても話し中だったから。

棟方　時田、よく考えろ。おまえがここへ来たら、ともみは一人になるよな？

時田　いいえ、本郷と二人ですよ。

棟方　それはそうだ。それはそうだが、今、ともみが会社を出てみろ。俺たちは、またともみを見失うことになるよな？

時田　はい。あ、しまった。

棟方　しまったじゃない！　ともみは、あの絵を誰かに売るつもりなんだ。売られちまったら、

時田　もう取り返しがつかないんだぞ。
棟方　でも、あいつ一人で、買い手が見つけられますかね？
時田　俺たちと組んで、半年もやってるんだ。コネの一つや二つ、作ってあるだろう。もしかしたら、買い手は前から決まっていたのかもな。
棟方　前って、ロスへ行く前ですか？
時田　だとしたら、俺はあいつにまんまと一杯食わされたことになる。
棟方　飼い犬に手を嚙まれる、か。悔しいけど、ことわざの通りになっちゃいましたね。
時田　時田、よく考えろ。俺が手を嚙まれたのは、誰のせいだ。
棟方　俺のせいです。俺が空港でともみを逃がしたから。
時田　それだけならまだいい。俺の名演技で、ともみを連れ戻すことはできたはずなんだ。それなのに、いきなり拳銃なんか持ってきやがって。
棟方　あの本郷って野郎、結構腕が立つんですよ。下手に殴り合うより、手っとり早くと思ったから。
時田　本当は。
棟方　本郷のビビる顔が見たかったからです。
時田　ところが、俺が見たのは、拳銃を奪われてビビってるおまえの顔だ。
棟方　社長もちょっとビビってましたよね。
時田　おまえに俺の気持ちがわかるか。俺はあくまでも、穏便に済ませたかったんだ。事を荒立てて、警察沙汰になってみろ。九〇万ドルがパアになるんだぞ。

時田　ヤツら、警察に届けたんですか？

棟方　そうならないように、できるだけの手は打った。しかし、一刻も早く絵を取り戻さないと、本当に九〇万ドルがパアだ。

時田　飼い犬に手を噛まれたなんて、言ってられないですね。

棟方　だったら、こんな所でのんびりしてないで、会社へ戻れ。

時田　ともみが会社にいなかったら？

棟方　見つけ出すまで、帰ってくるな。バカやろう！

電話の音。棟方が上着の内ポケットから、携帯電話を出す。

棟方　棟方ですが。何だ、おまえか。何？　間違いないのか？　で、場所は？　わかった、わかった。約束するから、場所を教えてくれ。嘘じゃない。この仕事が終わったら、きっぱり足を洗うさ。だから、頼む。そうか。わかった。すぐに行ってみる。じゃあな。

棟方が電話を切る。

時田　誰からですか？

棟方　昔の友達だ。

時田　メグミさんですか？　ナオコさんですか？　マキコさんですか？

棟方　そいつらより、もっと昔の友達だ。よし、これでもう安心だ。一時はどうなることかと思ったが、諦めなくてよかった。

時田　ともみがどこにいるか、わかったんですか？

棟方　（文庫本を開いて）やっぱり、この人の言う通りだ。どんなに不利な状況になっても、けっして希望を失ってはならないんだ。この人だって、鳥羽伏見で負けても、箱館五稜郭へ追いつめられても、最後まで希望を失わなかったじゃないか。

時田　社長、この人って誰ですか？

棟方　決まってるだろう。俺が尊敬する新選組副長、土方歳三だ。

棟方の背後から、ダンダラ模様の羽織に細鉢巻き、腰に大小二本を差した、眼光鋭い武士が現れる。土方歳三、数え歳で二十九。

土方　男の一生というものは、美しさを作るためのものだ。自分自身のな。

棟方　カッコいい……。

土方　おまえも美しさを作りたいなら、俺の言う通りにするんだ。

棟方　する、する。今までだって、ずっとそうしてきたじゃないか、トシ。

時田　社長、また土方歳三と話をしてるんですか？

棟方　バカやろう。おまえがトシを呼び捨てにするな。

時田　トシさんはどこにいるんですか？　この辺りですか？（と腕を振り回す）

土方　（棟方に）いいから、早く出発しろ。九〇万ドルをパアにしたくないなら。
棟方　わかってるよ。絵を取り戻したら、すぐに香港へ高飛びだ。行くぞ、沖田。
時田　社長、俺は時田です。

棟方・時田・土方が去る。

11

岡本・カオリがやってくる。後から、竜馬もついてくる。岡本の手には紙袋。

岡本　何だ。ケイコさん、いないんですか。
カオリ　淋しそうな顔しちゃって。やっぱり、お姉ちゃんに気があるのね？
岡本　そうじゃなくて、急ぎの用があるんですよ。どこへ行ったか、知りませんか。
カオリ　仕事の打合せじゃないかな。すぐに戻るって言ってたけど。
岡本　ケイコさん、最近、売れっ子ですもんね。
カオリ　へえ。岡本さん、イラストに興味があるんだ。
岡本　いや、ケイコさんのだけです。雑誌を読んでると、よく見かけるんですよね。
カオリ　それって、本当は逆でしょう？　お姉ちゃんのイラストを探すために、雑誌を読んでるんじゃない？
岡本　しつこい人だな。僕にはそんなつもりはないって言ってるのに。
カオリ　本当に？
竜馬　（岡本に）そこのところは、わしもじっくり聞きたいのう。おまん、本当に惚れてはおらんのか？

岡本　いい加減にしろよ。それ以上言うと、怒るぞ。

カオリ　怒ることないじゃない。せっかくいい相手が見つかったと思ったのに。

岡本　いい相手って？

カオリ　お姉ちゃんの再婚相手よ。

岡本　離婚もしてないのに、どうやって再婚するんですか。

カオリ　あら、離婚はもう時間の問題じゃない。あなたが火に油を注いでくれたから。

岡本　僕は水をかけてるつもりだったのに。

竜馬　昨日はもっと汚いものをかけちょったな。

岡本　やめろよ、その話は。

カオリ　でもさ、私は感謝してるんだ。本郷さんが来なかったおかげで、お姉ちゃんもやっと踏ん切りがついたと思うし。

岡本　そんなに二人を別れさせたいんですか？

カオリ　お姉ちゃんに、これ以上辛い思いをさせたくないもん。本郷さんは、たぶんそんなに悪い人じゃない。でも、お姉ちゃんには合ってないのよ。

岡本　そんなことないですよ。結婚式の時は、二人とも幸せそうだった。

カオリ　最初は誰だってそうよ。でも、三年経ってわかったの。お姉ちゃんはね、いつもそばにいて、いろいろ世話を焼いてくれるような、優しい人じゃないとダメなの。たとえば、岡本さんとか。

岡本　僕ですか？
カオリ　岡本さんと一緒にいる時のお姉ちゃんて、何かとっても楽そうなのよね。言いたいことが何でも言えるし、言っても全然怒らないし。
竜馬　怒らんのはではない。怒れんのじゃ。
カオリ　岡本さんなら、お姉ちゃんを幸せにできるって思ったんだ。姉を思う妹の気持ち、少しはわかってよ。

チャイムの音。

カオリ　あら、もう帰ってきた。ちょっと待っててね。

カオリが去る。

竜馬　どうする。
岡本　どうするって？
竜馬　おまんがその気なら、薩長同盟は諦めてもいいぜよ。その方が、おまんにとっても、いいのかもしれんし。
岡本　ダメだ。ケイコさんはまだ本郷を諦めてない。俺のことなんか、何とも思ってないんだ。

そこへ、カオリが戻ってくる。後から、時田がやってくる。手には拳銃。

カオリ　岡本さん！　助けて！

時田　大きな声を出すな。（とカオリの腕をつかむ）

カオリ　撃たないで！　まだ死にたくない！

岡本　（時田に）カオリさんを放せ！

時田　聞こえなかったのか？　俺は大きな声を出すなと言ったんだ。

そこへ、棟方がやってくる。

棟方　一昨日はいろいろ世話になったな。あの時貸した拳銃はどうした。

岡本　家に置いてきた。

棟方　嘘つけ。おまえみたいなタイプはわかってる。肌身離さず持ち歩いてるはずだ。背広を開けてみろ。

岡本が背広を開く。ホルスターをしている。

竜馬　おまん、いつの間にこんなものを？

棟方　（岡本に）わざわざ買いに行ったのか？

岡本　いいじゃないか。俺は前から、こういう恰好がしてみたかったんだ。
棟方　かわいそうだが、こいつは返してもらうぞ。（と拳銃を取る）
岡本　ホルスターはやらないからな。
棟方　誰がそんなもの、ほしいって言った。

棟方が岡本を殴る。岡本が倒れる。

竜馬　今度は大分気合が入っちょるな。下手に逆らうと、怪我をするぜよ。
棟方　よし、これで落ち着いて話ができる。岡本だったな。絵はどこにある。
岡本　知らないよ。
棟方　わかってないな。おまえが逆らうと、この女が痛い目に合うんだぞ。
岡本　本当に知らないんだよ。どこにあるのか、まだ聞いてないんだ。
棟方　（カオリに）本当か。
カオリ　何が。
棟方　絵だよ。この家にあるってことはわかってるんだ。早く出せ。
カオリ　絵って何よ。どんな絵よ。
時田　おまえ、死にたいのか？
カオリ　わかんないから、聞いてるのよ。家には絵なんて、一枚もないわよ。
時田　そんなはずはない。おまえの姉貴が、ここへ持ってきたはずだ。ワインと一緒に。

カオリ　ワイン？
時田　きれいな紙で包んであったろう。その紙をここへ出せ。
カオリ　私は飲んでないもん。紙だって見てないもん。
時田　（拳銃をカオリの頭に当てて）正直に言わないと、本当に死ぬことになるぞ。
カオリ　私は嘘なんかついてない。どうして信じてくれないの？
竜馬　（岡本に）べこのかあ。のんびりしちょらんで、注意をこっちに向けんか。
岡本　（棟方に）カオリさんの言ってることは本当だ。ワインは、ケイコさんが一人で飲んでたんだから。
棟方　ケイコはどこだ。
岡本　仕事の打合せだってさ。どこへ行くかは言わなかったけど、帰りは夜になるってさ。（カオリに）そうだよね？
カオリ　ううん。一年は帰ってこないって言ってた。
時田　本当か？
棟方　時田、よく考えろ。一年もかかる打合せがどこにある。
岡本　でも、打合せっていうのは本当だ。どうする？　このままジッとここで待つか？　俺は別に構わないけど、あんたたちは困るんじゃないか？
棟方　なぜだ。
岡本　俺がすぐに帰らないと、会社で待ってる本郷は心配するだろうな。警察に電話するかもな。

時田　どうします、社長?
竜馬　うまいぞ。こいつら、完全にビビッちょる。

そこへ、ケイコがやってくる。頭には帽子、肩にはバッグ。

カオリ　お姉ちゃん!
竜馬　(ケイコに) なぜこんなに早く帰ってくるんじゃ。
時田　(ケイコに) 動くな。動くとおまえの妹が短い一生を終えることになるぞ。
ケイコ　岡本さん、この人たちは誰?
岡本　ケイコさん、落ち着いて。この人たちは石倉さんの知り合いで――
ケイコ　石倉さんの知り合い? そんな人が、ここに何の用なのよ。
棟方　ワインを飲んだな?
ケイコ　何よ、いきなり。
棟方　ともみがロスから持ってきたワインだ。そいつが包んであった絵がほしい。どこにある。
ケイコ　あのお酒、石倉さんのだったの?
棟方　酒じゃなくて、絵だ。どこにある。
ケイコ　捨てちゃった。
棟方　捨てちゃった?
ケイコ　だって、ただの包み紙だと思ったから。そうじゃなかったの?

棟方　ただじゃない。あの絵は九〇万ドルもしたんだ。
竜馬　(岡本に) 今じゃ。
ケイコ　(棟方に) それならそうと、値札でもつけておいてくれればよかったのに。
竜馬　(岡本に) あいつの短筒を奪い取れ。
棟方　(ケイコに) 絵に値札をつけるバカがどこにいる。
竜馬　(岡本に) 一度できたことが、なぜ二度できんのじゃ。

岡本が時田に飛びかかる。拳銃を奪い取るが、時田がその腕をつかむ。棟方が拳銃を向けるが、岡本は時田の体に隠れている。時田が岡本を殴る。岡本が倒れる。時田がその上にのしかかる。が、その鼻先に拳銃が。

棟方　動くな。

棟方がケイコの腕をつかみ、頭に拳銃を当てている。

岡本　そっちこそ、動くなよ。

岡本が立ち上がる。時田の腕をつかみ、頭に拳銃を当てる。

竜馬　これで五分と五分。勝負はこれからじゃ。
岡本　（棟方に）ケイコさんを放せ。放さないと、こいつが短い一生を終えることになるぞ。
時田　汚いぞ、おまえ。
岡本　自分だって、同じことをしたじゃないか。
棟方　どうすればいいんだ。あと一歩のところだったのに、やっぱり諦めるしかないのか。トシ！

棟方の背後から、土方歳三が現れる。

竜馬　おうおう。誰が出てくるのかと思ったら、人斬り集団の副隊長か。
土方　そういうおまえは、十二の歳までおねしょをしていたよばあたれか。
竜馬　それを言うな！
岡本　竜馬、誰が出てきたんだよ。
竜馬　おまんがわしを目指しちょるように、あいつにも目指す男がいたらしい。新選組の土方歳三じゃ。
土方　（棟方に）この場は退却するしかない。ただし、その女は一緒に連れていけ。
竜馬　女を人質にするつもりか。相変わらず、汚い手を使うのが得意じゃのう。
土方　黙れ。土佐の田舎っぺ。
竜馬　自分こそ、日野の百姓の出じゃろうが。

土方　お百姓さんをバカにするな。（と刀を抜く）

竜馬　短気な男よ。もう頭に血が昇ったか。

土方　どうした。抜かないのか。

竜馬　抜いたら、おまんを斬らねばならん。

棟方　嘘つけ。俺に斬られるのが、恐いだけだろう。腰抜けめ。（岡本に）十二時に成田の新日空ホテルへ来い。もちろん、絵も一緒にだ。持ってこないと、この女の命はないぞ。

岡本　こいつはどうなってもいいのか。

棟方　どうなってもいい。おまえにやる。

時田　社長。

ケイコ　（棟方に）でも、絵は捨てちゃったのよ。

棟方　（岡本に）ゴミ箱の中をよく探すんだ。シミがついてたら、ちゃんと拭いておくんだぞ。

棟方がケイコを連れて去る。後を追って、土方も去る。

岡本　カオリさん、ゴミはどこですか？

カオリ　まとめて外に出しちゃったけど、まだ清掃車が来てなければ。

岡本　よし、探しに行きましょう。

時田　俺もですか？

竜馬　当たり前じゃ。早く行かんか。

岡本・竜馬・時田・カオリが去る。

12

小久保課長・さなえがやってくる。

さなえ　遅いですね、岡本君。もう一時間も経ってるのに。
小久保課長　本郷君の奥さんと、仲良くお茶でも飲んでるんじゃないですか？
さなえ　どうしてこんな時に？
小久保課長　さなえ君、君は気づかなかったんですか？　岡本君は奥さんにホの字なんですよ。
さなえ　それは課長の勘違いですよ。岡本君は、奥さんと本郷君を仲直りさせようとしてるんです。
小久保課長　最初はそうだったかもしれませんが、今は別です。同情がいつの間にか愛情に変わってしまった。レディース・コミックによくあるパターンです。

そこへ、本郷・石倉がやってくる。本郷の手にはトランク。

本郷　課長、岡本から連絡は来ましたか？

小久保課長　それがまだなんです。

石倉　（本郷に）もしかして、棟方が行ったんじゃないですか？

本郷　それはありえない。ケイコが絵を持ってることは、僕らと岡本しか知らないはずだ。

さなえ　でも、一応、電話した方がいいんじゃない？　番号はわかる？

本郷　確か、手帳に書いてあったはずだ。

本郷が背広の内ポケットから手帳と携帯電話を出す。
反対側から、岡本・竜馬・時田がやってくる。岡本の手には拳銃と紙袋。

岡本　どうしてゴミ袋の中にないんだ。ケイコさんはどこに捨てたんだ。

時田　丸めて、トイレに流したんじゃないのか。

岡本　ケイコさんはそんなことをする人じゃない。

竜馬　しかし、この家の中には見当たらんぞ。ひょっとして、窓から外へ放り投げたのかもしれんな。

岡本　竜馬まで、そんなことを言って。ケイコさんはああ見えても、きれい好きなんだよ。本郷の家だって、塵一つ落ちてなかった。イラストの仕事が忙しいのに、毎日掃除してるんだ。待てよ。

そこへ、カオリが走ってくる。手にはコードレスホン。

カオリ　岡本さん、本郷さんから電話。（とコードレスホンを差し出す）

岡本　（受け取って）もしもし。

本郷　岡本か？　事情は今、カオリちゃんから聞いた。俺はすぐに成田へ行く。おまえも絵を見つけ次第、追いかけてくれ。

岡本　いや、俺もすぐに行く。絵はたぶん、ケイコさんが持ってるんだ。

カオリ　でも、お姉ちゃんは捨てたって。

岡本　イラストレーターが、本物の浮世絵に気づかないわけないでしょう。ケイコさんは打合せに行ってたんじゃない。美術館かどこかへ、絵を調べに行ってたんだ。

竜馬　じゃとしたら、危ないぜよ。

岡本　そうか。ケイコさんが持ってることを、棟方に気づかれたら。

本郷　おい。何をブツブツ言ってるんだ。

岡本　本郷、成田で会おう。

岡本・竜馬・時田・カオリが去る。本郷・石倉・小久保課長・さなえも去る。反対側から、ケイコ・棟方・土方がやってくる。棟方の手には拳銃。

ケイコ　ねえ、どこへ連れてくつもり？

棟方　一番上の階に、レストランがある。そこで、コーヒーでも飲みながら、ゆっくり待つと

土方　しよう。
棟方　腹が減ったのか。
土方　もうペコペコ。朝から何も食ってないんだ。
棟方　敵が援軍を連れてきたら、どうする。上の階では、逃げ場がないぞ。
ケイコ　そうか。飯はもう少し我慢して、一階で待った方がいいな。
棟方　もしもの話だけど、岡本さんが絵を持ってこなかったら、どうする？
ケイコ　おまえの命をいただくだけだ。
棟方　わからないな。あなたが探してる絵って、三枚でたったの九〇万ドルなんでしょう？
ケイコ　こんな乱暴なことまでして、手に入れる価値があるの？
棟方　素人に、広重の価値がわかってたまるか。
ケイコ　バカにしないでよ。私、こう見えても、イラストレーターなのよ。
棟方　イラストレーターが、広重に気づかなかったのか？
ケイコ　……広重って何？
土方　おぬし、『東海道五十三次』も知らないのか？
ケイコ　わかった。お茶漬けのオマケにくっついてくるヤツだ。

ケイコ・棟方・土方が去る。
反対側から、本郷・石倉・小久保課長・さなえがやってくる。

石倉　（周囲を見回して）棟方のヤツ、どこにいるのかしら。
本郷　フロントにメッセージがあるかもしれない。俺、聞いてきます。

本郷が去る。そこへ、岡本・竜馬・時田が走ってくる。岡本の手には拳銃と紙袋。

岡本　あれ？　課長とさなえさんも来たんですか？
小久保課長　どうしたんです。顔色が悪いですよ。
竜馬　たくしーに乗ったからじゃ。情けない。
岡本　大丈夫だよ、これぐらい。
時田　（石倉を見て）ともみ！
岡本　（時田に拳銃を突きつけて）おまえはここに座ってろ。
さなえ　岡本君、その男は？
岡本　棟方の部下です。いざとなったら、こいつを人質にしようと思って。
時田　どうも。人質の時田です。

そこへ、本郷が戻ってくる。

石倉　本郷さん、どうでした？
本郷　メッセージはありませんでした。部屋も取ってませんでした。

石倉　どこかでこっちの様子を伺ってるかもしれませんね。
小久保課長　じゃ、二手に分かれて探しましょう。本郷君と石倉さんは、最上階のレストランへ行ってください。さなえ君と岡本君は、二階の喫茶店へ。
さなえ　課長は？
小久保課長　僕はここでこの男を見張ってます。
さなえ　課長一人じゃ心配だわ。岡本君、ピストルを貸して。（と岡本の手から拳銃を取る）
岡本　え？　せっかく取り返したのに。
竜馬　べこのかあ。男がそんなものに頼ろうとするな。
さなえ　（小久保課長に拳銃を差し出して）何かあったら、ジャンジャン撃って構わないですからね。
小久保課長　（受け取って）無理ですよ。僕に撃てるわけないでしょう。
本郷　石倉さん、行きましょう。

岡本・竜馬・さなえが走り去る。反対側へ、本郷・石倉も走り去る。

小久保課長　久しぶりに走ったら、喉が乾いちゃったな。（時田に拳銃を向けて）そこの売店で、アイス・コーヒーでも買ってきますか。
時田　俺はビールがいいな。
小久保課長　（時田の頭を小突いて）人質の分際で何言ってるんです。君は見てるだけですよ。

小久保課長・時田が去る。
反対側から、岡本・竜馬・さなえが走ってくる。岡本の手には紙袋。

さなえ 岡本君、一つ質問してもいい？
岡本 何ですか、こんな時に。
さなえ 君、本郷君の奥さんが好きなの？
岡本 さなえさんまでそんなこと言って。僕は失恋したばっかりなんですよ。
竜馬 失恋じゃったら、毎月しちょるじゃろうが。
岡本 うるさいな。俺のことはほっといてくれ。
さなえ 答えたくないなら、それでもいいわ。かわりに、もう一つ質問。君は変だと思わない？
岡本 変て、何が？
さなえ 決まってるでしょう、課長よ。警察へ連絡するのに反対したり、こんな所までついてきたり。
岡本 さなえさんだって、ついてきたじゃないですか。
さなえ それは、課長が行くって言ったからよ。私、見たの。君が会社を出たすぐ後に、課長が電話してるのを。声は聞こえなかったけど、相手はきっと棟方だと思う。棟方が妹さんの家へ行ったのは、課長が教えたからなのよ。
竜馬 それを知ってて、なぜ短筒を渡したんじゃ。

岡本　下手すると、今頃、誰かが……。
さなえ　岡本君！

岡本が走り去る。後を追って、竜馬・さなえも走り去る。
反対側から、本郷・石倉が走ってくる。

本郷　いましたか？
石倉　いいえ。トイレは空っぽ。
本郷　店の中にもいなかった。やっぱり、喫茶店の方だったのかな。
石倉　（下を見て）あれ、このホテル、プールがあるんですね。
本郷　棟方がのんびり水泳をしてるとは思えない。二階へ行ってみましょう。

そこへ、時田が走ってくる。手には拳銃。後から、小久保課長も走ってくる。

時田　ともみ。
本郷　貴様！
時田　（本郷に拳銃を向けて）おまえに用はない。ともみ、よくも俺に恥をかかせてくれたな。
本郷　課長、どうしてこいつに拳銃を渡したんですか。
小久保課長　渡したんじゃない。奪われたんです。

時田　（石倉に）おまえのおかげで、俺の信用はガタ落ちだ。このおとしまえはつけさせてもらうぞ。（と石倉に拳銃を向ける）

小久保課長　まさか、撃つつもりですか？

時田　おまえは黙ってろ。

小久保課長　やめてください。約束が違うじゃないですか。

本郷　課長。

小久保課長　仕方なかったんです。棟方君は僕の友達なんだもの。おまえだけが頼りだって言われたら、何とかしてあげようって思うじゃないですか。

時田　おまえのことは、俺から社長によく言っておく。だから、これ以上、口出しするな。

本郷　（石倉の前に立って）課長は、おまえに逃げろって言ったんだろう？

時田　逃げるさ。ともみとおまえを撃ってからな。（と本郷に拳銃に向ける）

そこへ、岡本・竜馬・さなえが走ってくる。岡本の手には紙袋。

岡本　本郷！

時田　あばよ、本郷。

時田が撃つ。しかし、銃声はしない。

時田　あれ？　弾丸が入ってない。
さなえ　弾丸ならここよ。（とマガジンを出して）さっき、私が抜いといたの。
竜馬　さすがはさな子殿、抜け目がない。
本郷　課長、やっぱり悪いことはできませんね。
小久保課長　本郷君、気持ちはわかるけど、落ち着いて。

時田・小久保課長が走り去る。後を追って、本郷・石倉も走り去る。

さなえ　岡本君、待って。
岡本　どうかしたんですか？
さなえ　（下を指さして）ほら、見て。下のプール。プールの横。
岡本　ケイコさんだ！

岡本・竜馬・さなえが走り去る。
反対側から、ケイコ・棟方・土方がやってくる。棟方の手には拳銃。

ケイコ　なるほどね。広重って、そんなに有名なんだ。
棟方　浮世絵は日本より先に、ヨーロッパで評価されたんだ。フランスあたりへ持っていけば、一枚一〇〇万ドルでも買い手がつくだろう。

ケイコ　三枚で三〇〇万ドル？　歌川先生のおかげで、大儲けってわけね。
土方　ちょっと待て。おぬし、今、歌川と言ったな？
棟方　歌川？
ケイコ　え？　広重の名字は歌川でしょう？
棟方　確かに、俺の時代はそう呼んでいた。しかし、今は違う。
土方　そうだ。今は、本名の安藤で通ってる。歌川って呼ぶのは、浮世絵に詳しい人間だけだ。
棟方　そうなの？
ケイコ　おまえ、嘘をついてたな？
棟方　嘘って何よ。
ケイコ　絵を捨てたっていうのは嘘だろう。もしかして、そのバッグの中に入ってるのか？
棟方

棟方がケイコに近づく。そこへ、岡本・竜馬・さなえが飛び出す。岡本が紙袋を放り出し、棟方に飛びかかる。

ケイコ　岡本さん！
土方　貴様！
竜馬　（土方の前に立って）おまんの相手はわしがするぜよ。
さなえ　今のうちに逃げよう。（とケイコの手をつかむ）
ケイコ　でも、岡本さんが。

さなえ　大丈夫。恋する男は強いのよ。

ケイコ・さなえが走り去る。

土方　(刀を抜いて) どうした。また抜かないつもりか。
竜馬　いや。人を斬るのは久しぶりじゃからな。ちくと武者震いがしてきた。
土方　何が武者震いだ。怖くて震えてるだけだろう。
竜馬　減らず口はそれくらいにしちょけ。(と刀を抜く)
土方　どうやら、死ぬ覚悟ができたらしいな。
竜馬　そんなもん、初めて竹刀を持った日から、できちょるわい。土方、行くぜよ。

岡本が棟方を突き飛ばす。棟方が倒れる。

岡本　竜馬、逃げよう。
竜馬　なんじゃ、せっかくいいところじゃったのに。土方、また逢おう。

岡本・竜馬が走り去る。

棟方　(立ち上がって) 待て!

土方　落ち着け。敵はおそらく駐車場だ。

棟方・土方が走り去る。
反対側から、時田・小久保課長が走ってくる。

小久保課長　どこへ行くんです。
時田　東京へ帰る。
小久保課長　棟方君を見捨てるつもりですか？
時田　先に見捨てたのは、社長の方だ。もう義理はない。

そこへ、本郷・石倉が走ってくる。

本郷　俺との勝負はついてないぞ。
時田　忘れてた。おまえには、一発貸しがあるんだ。

時田・本郷が向かい合う。時田が本郷に殴りかかる。本郷が時田の手を払う。時田が本郷を蹴る。本郷が時田の足を払い、時田を投げ飛ばす。そこへ、カオリが走ってくる。

カオリ　本郷さん！

本郷　カオリちゃん。どうしてこんな所へ。
カオリ　絵があったのよ。私の家に。（と絵を差し出す）
本郷　（受け取って）家のどこに。
石倉　郵便受けの中。ゴミ箱なんか漁って損しちゃった。
カオリ　でも、見つかってよかった。私、これを棟方の所へ持っていきます。（と本郷の手から絵を取る）
本郷　石倉さん。僕はあなたを信じていいんですね？
石倉　じゃ、一枚でいいです。（と絵を二枚差し出す）
本郷　石倉さん。
石倉　わかりました。ツアーが終わるまでは、ツアコンの指示に従います。（と絵を三枚差し出す）
本郷　じゃ、こいつを警備員室に運ぶのを手伝ってください。
小久保課長　僕も手伝います。
本郷　俺は課長を信じていいんですね？
小久保課長　信じてください。棟方君のことは諦めますから。

本郷・時田・石倉・小久保課長・カオリが去る。
反対側から、ケイコ・さなえが走ってくる。

さなえ　私の車は向こうよ。さあ、早く。
ケイコ　ちょっと待って。あなたさっき、変なこと言わなかった？
さなえ　変なこと？
ケイコ　岡本さんのこと、恋する男って。あの人、誰か好きな人がいるの？
さなえ　バカね。彼が好きなのは、あなたよ。
ケイコ　私？　まさか。
さなえ　好きでもない女のために、命が張れると思う？

そこへ、岡本が走ってくる。手には紙袋。後から、竜馬も走ってくる。

岡本　こんな所で、何してるんですか。
さなえ　君のことが心配なんだって。
岡本　（ケイコに）ここにいては危険です。空港へ行って、待っててください。三日前に会った、レストランがいい。後で必ず迎えに行きますから。
ケイコ　岡本さんは？
岡本　本郷を探してきます。その前に、絵は持ってますか？
ケイコ　気がつかなかったの？　部屋に入る時、中の様子がおかしかったから、郵便受けに。
竜馬　それならそうと、なぜ言わんのじゃ。
さなえ　（岡本に）どうする？

岡本　本郷を置いていくわけにはいきません。さなえさん、ケイコさんを頼みます。
さなえ　オーケイ。

ケイコ・さなえが走り去る。

竜馬　ケイコさんを頼みます、か。おまんも大分、男らしくなってきたのう。
岡本　そうか？
竜馬　さっきもそうじゃ。短筒を持っちょるヤツに、自分から飛びかかっていった。わしは何も言うとりゃせんのに。
岡本　あの時は、ケイコさんが危なかったから。
竜馬　そろそろ認めたらどうじゃ。おまんはあの女に惚れた。じゃから、命がけで守ろうとしたんじゃろう。
岡本　そんなに俺に惚れたたって言わせたいのか？
竜馬　男なら、堂々と認めんか。
岡本　惚れたよ。初めはそんなつもりなかったのに、いつの間にか惚れてたんだ。同僚の奥さんに惚れるなんて、つくづく自分がイヤになった。
竜馬　そう言うな。わしもおまんと同じようなもんじゃ。
岡本　え？　竜馬も？
竜馬　わしも長州に惚れてたんじゃ。ヤツらを何とか助けてやりたいと思って、ない知恵絞っ

岡本　て考えついたのが薩摩との同盟じゃった。長州を助けられるのは、薩摩だけじゃと思うたわけよ。
竜馬　そうなんだよな。ケイコさんを助けられるのは、やっぱり本郷だけなんだ。

その時、岡本の背後から、棟方・土方が飛び出す。棟方の手には拳銃。

棟方　（岡本に拳銃を向けて）動くな！　今度という今度は、動くと死ぬぞ。
竜馬　おまんら、まっことしつこいのう。
土方　それが新選組の掟だ。一つ、敵と刃をかわし、仕留めきらずに逃がしたる者は、切腹申しつくべく候。
棟方　（岡本に）あの女はどこだ。
岡本　絵なら持ってなかった。やっぱり、彼女の妹さんの家にあったんだ。
棟方　何だと？
岡本　もうやめよう。どんな絵だか知らないけど、ほしければ後でやるから。
棟方　後では困る。今、ほしいんだ。
岡本　だから、今はないんだって。
棟方　嘘をつくな。（と岡本に拳銃を向ける）
竜馬　まさか、撃つつもりか？
土方　おまえには止められまい。

竜馬　おまんを斬れば、止められるかもしれん。
土方　俺が斬れるか。
竜馬　斬るしかあるまい。あいつのためじゃ。

竜馬・土方が刀を抜く。構える。激しい撃ち合い。両者がすれ違った時、本郷が飛び出す。手には拳銃と絵。

本郷　待て！
棟方　（岡本をつかんで）来るな。来たら、こいつを撃つぞ。
本郷　（絵を差し出して）おまえの探し物はここにある。ほしかったら、岡本を放せ。放さないなら、おまえを撃つ。
竜馬　（岡本に）ありゃ、弾丸が入ってないヤツじゃろう。
土方　（棟方に）おい、あの拳銃には、弾丸が入ってないとよ。
竜馬　しもうた！
棟方　（本郷に）撃てるものなら撃ってみろ。弾丸が出るならな。
本郷　どうして知ってるんだ。
棟方　絵を持ってこい。
土方　（竜馬に）どうやら、こっちの勝ちらしいな。
本郷　（棟方に絵を差し出して）岡本には手を出すな。

棟方　（受け取って）黙れ。（と本郷を殴って）こいつだ。こいつが九〇万ドルの広重だ。
竜馬　広重？　広重とは、あの歌川広重のことか？
土方　田舎っぺのくせに知ってるのか。
竜馬　知っちょるどころか、本人に会うたわい。絵に描いてもろうたこともある。
土方　冗談はよせ。
竜馬　その中に、品川の絵はないか。海が描いてある絵じゃ。
土方　（絵を覗き込んで）これかな。
竜馬　岸辺の所に、船をボーッと見ちょる、薄汚れた武士がおるじゃろう。それがわしじゃ。
土方　（絵を指さして）あーっ！
竜馬　ほらな。
土方　黙れ。おまえなんかが、歌川先生の錦絵に描かれてたまるか！

土方が刀を構える。と同時に、岡本が、本郷の持っていた拳銃を棟方に向ける。

岡本　動くな！
棟方　おいおい。そいつには弾丸が入ってないんだろう。
岡本　今、入れたんだ。だから、動かない方がいい。
棟方　冗談はよせ。
岡本　やめろ。動くな。

棟方　黙れ。おまえが、弾丸なんか持っててたまるか！

棟方が拳銃を向けるのと、土方が斬りかかるのが同時。
岡本が撃つのと、竜馬が斬るのも同時。

本郷　岡本！　おまえ！

棟方・土方が倒れる。

岡本　安心せい。ミネウチじゃ。
竜馬　（同時に）安心せい。ミネウチじゃ。

棟方・土方が唸る。本郷が棟方を抱き起こす。竜馬が土方を抱き起こす。去る。

13

ケイコがやってくる。頭には帽子、肩にはバッグ。

ケイコ　岡本さん、大丈夫だったの？
岡本　まあ、何とか。
ケイコ　あの人たちに、また襲われたりしなかった？
岡本　襲われたけど、もうダメだって時に、本郷が来てくれたんで。今、向こうのベンチにいます。
ケイコ　あの人が？
岡本　ケイコさん。本郷に、あと一回だけチャンスをください。本郷の話を、黙って聞いてやってください。
ケイコ　また岡本さんが説得してくれたの？
岡本　違いますよ。今度は本郷の方から言ってきたんです。「俺はやっぱり、ケイコなしでは生きていけない」って。
ケイコ　今の言葉の中に、岡本さんの願いはこめられてなかった？

岡本　ちょっとだけ。
ケイコ　岡本さんはどう思う？
岡本　どうって？
ケイコ　あの人と、イチからやり直した方がいいのかな。それとも。
岡本　それとも、何ですか。
ケイコ　他の人と、ゼロから始めた方がいいのかな。
岡本　他の人って？
ケイコ　たとえば、岡本さんとか。
岡本　……ケイコさん。
ケイコ　ねえ。岡本さんはどう思う？
岡本　志士ハ溝壑ニ在ルヲ忘レズ、勇士ハソノ元ヲ喪フヲ忘レズ。
ケイコ　どういう意味？
岡本　志を持って天下を動かそうとする者は、自分の死骸が溝っぷちに捨てられている情景を決して忘れるな。勇気ある者は、自分の首がなくなっている情景を常に覚悟せよ、ということです。

岡本がケイコの頭から帽子を取る。

ケイコ　何するの？

岡本　僕は何も持ってません。だから、これをください。
ケイコ　どうして、それを？
岡本　形見です。この身は、いつこの世から消えるかもしれない。その時の記念品です。
ケイコ　その帽子が、岡本さんの返事？
岡本　（うなずいて）僕の感激のシルシだと思ってください。
ケイコ　岡本さん……。
岡本　本郷を呼んできます。

岡本がケイコから離れる。そこへ、本郷がやってくる。手にはトランク。

本郷　どうだった。
岡本　おまえの話を聞いてくれるってさ。
本郷　そうか。しかし、何て言えばいいのかな。
岡本　バカやろう！（と本郷の胸ぐらをつかんで）ケイコさんはおまえが好きなんだ。世界中に何十億って男がいるのに、どういうわけか、おまえなんかが好きなんだ。俺じゃなくて。それがどんなに凄いことか、わからないのか？
本郷　わかった。「ありがとう」って言えばいいんだな？
岡本　（本郷を放して）これを持ってけよ。（と紙袋を差し出す）
本郷　（受け取る）

岡本　それから、このトランクは俺がもらっていく。（とトランクを取って）ツアーには俺が行くから、二人でゆっくり、シーフード・スパゲティを食えよ。
本郷　岡本。いろいろありがとう。
岡本　それでいい。今の感じで、ケイコさんにも言うんだぞ。

本郷がケイコの所へ行く。

本郷　これ。（と紙袋を差し出す）
ケイコ　（受け取って）何？
本郷　ツアーのおみやげだ。
ケイコ　開けていい？
本郷　ああ。

ケイコが紙袋から箱を取り出す。箱から帽子を取り出す。

ケイコ　これ、ほしかったんだ。よくわかったね。
本郷　夫婦だからな。
ケイコ　夫婦だもんね。言わなくてもわかるよね。でも。
本郷　ありがとう。

ケイコ　イヤだ。もらったのは私の方よ。ありがとう。

ケイコ・本郷が去る。そこへ、竜馬がやってくる。

竜馬　さっきの科白、なかなか決まっちょったな。
岡本　科白って？
竜馬　志士ハ溝壑ニ在ルヲ忘レズってヤツよ。
岡本　何百回も読んだからな。
竜馬　いや、本人のわしよりも、カッコよく言えちょった。おまん、なかなか男らしかったぜよ。
岡本　あの科白は、あれで最後にするさ。
竜馬　最後じゃと？
岡本　あの科白が言いたくて、今までずっと生きてきた。でも、実際に言ってみると、二度と言ってたまるかって気持ちになった。
竜馬　そうじゃろうな。わしもあの時はそういう気持ちじゃった。
岡本　なんだ、竜馬もそうだったのか。
竜馬　とすれば、これでおまんとはお別れのようじゃな。
岡本　ああ。
竜馬　一人で大丈夫か。

岡本　竜馬も一人だったじゃないか。
竜馬　男はいつも一人なのよ。
岡本　何言ってんだ。おりょうさんとは一緒になったくせに。
竜馬　おまんもおりょうを探すか。
岡本　いつかは見つかるよな。
竜馬　見つかるとも。何というても、世界は広い。
岡本　竜馬、また逢おう。
竜馬　べこのかあ。それはわしの科白じゃろうが。

岡本が竜馬の大刀を抜く。大刀を構える。虚空を切り裂く。竜馬が笑う。岡本も笑う。竜馬が岡本の頭を叩き、大刀を取る。竜馬が去る。
岡本がトランクを持ち上げる。たった一人で歩き出す。ふと立ち止まり、空を見上げる。その空に、飛行機の離陸する音。
旅立ちの時が来たのだ。

〈幕〉

レインディア・エクスプレス

THE REINDEER EXPRESS

登場人物

北条雷太　（フラワーショップ勤務）
ユカリ　（ユカリの弟・教員）
拓也　（ユカリの祖母）
ナオ　（ユカリの友人・ＯＬ）
こずえ　（拓也の同僚）
牧野先生　（拓也の上司）
鍋島教頭　（拓也の同僚）
小田切先生　（拓也の教え子・高校三年）
永吉　（永吉の母・フラワーショップ経営）
歌子　（勇の父・弁護士）
健　（勇の母・主婦）
真理子　（雷太の友人）
騎一郎　（雷太の友人）
陣八　（陣八の妻）
ちよ子

十二人

1

遠くから、大砲の音が聞こえる。何発も何発も。

やがて、古びた教室が浮かび上がる。木の机と木の椅子が並んでいる。それぞれの椅子に、十二人の男女が座っている。十二人がゆっくりと立ち上がる。


明治元年三月。徳川幕府代表・勝海舟と、明治政府代表・西郷隆盛は、江戸高輪の薩摩藩邸で対面。幕府の降伏条件に関する、首脳会談を行った。二日に渡る話し合いの末、政府が出した要求は以下の通り。一つ、将軍・徳川慶喜は直ちに江戸城を引き払い、水戸で謹慎すること。一つ、軍艦及び鉄砲・大砲等の武器は、残らず政府に差し出すこと。非常に厳しい要求だったが、もはや幕府にこれを突っぱねる力はなかった。こうして一滴の血を流すこともなく、江戸城は政府に明け渡されたのだった。

が、幕府の中には、あくまで徹底抗戦を唱える者もいた。八月、海軍副総督・榎本武揚は、軍艦四隻を率いて品川を脱出。北へと向かった。その頃、会津を中心とする東北諸藩は、政府に対抗して奥羽列藩同盟を結成。東北各地で、官軍との戦いを繰り広げていた。榎本艦隊はその応援に向かった。石巻に到着した時には、すでにほとんどの藩が降伏。やむなく、東北各地から敗走してきた者たちを乗せて、さらに北へと向かった。その中には、新選組副長・土方歳三の姿もあった。十月、榎本艦隊は北海道鷲ノ木に到着。わずか一カ月で北海道南部を制圧し、箱館五稜郭に新政権を樹立。政府に対して、北海道を徳川家の領地として認めるよう、嘆願書を提出した。が、政府がこれを認めるはずはない。明治二年四月、政府艦隊は北海道乙部に上陸。五月、箱館を占領。榎本政権は五稜郭に籠城したが、敗北は誰の目にも明らかだった。全滅か、降伏か。最後の選択を迫られた榎本武揚は、ついに降伏を決意。明日はいよいよ五稜郭を明け渡す。という前夜、五稜郭の水門から、一艘の小舟が堀へ出た。

十二人の背後から、三人の武士が現れる。三人とも、櫂を漕いでいる。

陣八　しまった。

騎一郎　馬鹿者。大きな声を出すな。

陣八　すまんすまん。しかし、今、大変なことに気がついたんだ。実は、銭を持ってくるのを忘れた。

騎一郎　しまった。俺も忘れた。

陣八　北条殿は？

雷太　俺も持ってこなかった。しかし、おぬしらのように、忘れたわけではないぞ。わざと持ってこなかったんだ。

陣八　なぜです。
雷太　銭を落とせば、チャリンと音がする。川の真ん中から、そんな音が聞こえてみろ。敵が怪しむではないか。
陣八　しかし、いざという時、銭がないと困るでしょう。
雷太　飯のことなら、心配するな。海へ出れば、魚がいっぱいいる。
陣八　いや、俺が言いたいのは、飯のことではなくて――
雷太　宿なら、この舟がある。枕がほしければ、俺が腕枕をしてやる。
陣八　そうではなくて、俺が言いたいのは、敵に見つかった時の話です。銭を渡せば、目をつぶって通してくれるかもしれない。
雷太　その必要はない。敵に見つかったら、戦うだけのこと。
騎一郎　北条殿の言う通りだ。武士は武士らしく、堂々と戦って死ぬべきだ。土方さんのように。
陣八　まさか、あの人が死ぬとはな。
騎一郎　多勢に無勢だ。いくら土方さんでも、勝ち目はなかったんだ。そんなことは、土方さんにもわかっていたはずなのに。
陣八　敵の真ん中へ、一人で斬り込んでいったそうだな。まるで、「さあ、殺せ」と言わんばかりに。
騎一郎　俺もあの時、一緒に死ねばよかった。そうすれば、こんな惨めな思いをせずに済んだのに。
雷太　惨めとは？

騎一郎　こうして夜中にこそ逃げ出すことです。
雷太　逃げるのではない。出直すのだ。また新たに戦うために。
陣八　たったの三人で？
雷太　俺が榎本さんについてきたのは、降伏するためではない。戦うためだ。榎本さんが降伏すると言うなら、勝手にすればいい。俺はあくまで戦う。たとえ最後の一人になろうとも。
騎一郎　俺も戦います。戦って、死にます。
雷太　（陣八に）おぬしは？
陣八　とりあえず、漕ぎましょう。早いとこ、海へ出ないと。

三人が櫂を漕ぐ。

十二人　三人を乗せた小舟は、五稜郭の堀から川へ出た。幸い月も星もなく、暗い川面を走る小舟に、気づく者は一人もなかった。河口から海へ出ると、三人はさらに沖へと小舟を進めた。このまま一気に津軽海峡を渡り、十里先の下北半島大間崎へ行こう。それが、三人の立てた計画だった。が、いくら漕いでも、対岸の灯は見えない。周囲は黒い闇ばかり。やがて風が出、雨が降り出した。それでも灯は見えない。風雨はどんどん激しくなる。体もどんどん冷えてくる。そのうち、海まで荒れ出した。

三人が揺れる。櫂を漕ぐのをやめて、舟端をつかむ。

陣八　おい、この波は何だ？　まさか、嵐でも来たのか？

騎一郎　馬鹿者。五月に嵐が来てたまるか。

陣八　しかし、この波はただごとではないぞ。

雷太　よし、引き返そう。

三人が必死で櫂を漕ぐ。

陣八　駄目だ。いくら漕いでも、元へ引き戻される。

雷太　どうやら、潮に乗ってしまったようだな。

騎一郎　ということは？

雷太　もはや、俺たちの手ではどうしようもないということだ。

十二人　津軽海峡を流れる潮は、西から東へと向かう。三人を乗せた小舟は、太平洋へと流されつつあった。

騎一郎　このまま行ったら、どうなるんです？

陣八　運がよければ、メリケンに着くだろう。

騎一郎　じゃ、運が悪ければ？

陣八　どこにも着かない。

騎一郎　海の上をぐるぐる回って、ゆっくり干乾しになるのか？
雷太　二人とも安心しろ。この舟は、海峡を出たところで、親潮にぶつかる。すると、南へ進路を変えるはずだ。陸から離れることはない。
騎一郎　よかった。
雷太　親潮は岩手の沖で黒潮とぶつかる。舟はそのあたりで止まるだろう。そこまで浮かんでいればの話だが。
騎一郎　は？
雷太　この舟は川舟だ。海の荒波に叩かれて、いつまで壊れずにいるか。
陣八　冗談じゃない。何が何でも、引き返しましょう。
十二人　が、悪い時には悪いことが続く。
騎一郎　おい、あれはなんだ？
陣八　大きな柱が立ってるな。火の見櫓かな。
騎一郎　馬鹿者。海の真ん中に、なぜ火の見櫓があるんだ。
陣八　じゃ、一体何だって言うんだ。
雷太　竜巻だ。
陣八　竜巻？　嘘でしょう？
十二人　しかし、嘘ではなかった。
騎一郎　この舟、竜巻に向かって流れてますよ。
陣八　流れてるんじゃない。引き寄せられてるんだ。

雷太　漕げ！　漕いで、竜巻から逃げるんだ！
十二人　しかし、漕いでも無駄だった。
騎一郎　駄目です。どんどん竜巻に近づいていく。
陣八　こうなったら、泳いで逃げましょう。
騎一郎　おぬし、泳げるのか？
陣八　おぬし、泳げないのか？
騎一郎　北条殿。
雷太　陣八、おぬしは騎一郎を見捨てていくつもりか？
陣八　見損なわないでください。こうなったら、死ぬも生きるも一緒です。
雷太　よし、それでこそ武士だ。
十二人　実は三人とも泳げなかった。
騎一郎　こんなことなら、逃げ出すのではなかった。海で溺れ死ぬくらいなら、五稜郭で切腹すればよかった。
陣八　今さら文句を言うな。まだ死ぬって決まったわけではない。
雷太　よし、今生の約束だ。死ぬも一緒、生きるも一緒。ここを生き延びたら、再びともに生き、ともに死のう。
陣八　まあ、ここで死んじまったら、それでおしまいですけどね。
騎一郎　来たぞ来たぞ。
陣八　北条殿！

雷太　二人とも俺につかまれ。死んでも放すなよ。

陣八・騎一郎が雷太の腕をつかむ。三人が立ち上がる。

十二人　竜巻は一瞬にして舟を飲み込んだ。舟と一緒に三人を飲み込んだ。三人の体と、三人の心と、三人の思い出と、三人の夢と、三人の生と、三人の死を飲み込んだ。それから一二六年後、私たちは三人に出会った。竜巻に飲み込まれた時のまま、あの時のままの三人に。私たちは確かに出会った。確かに出会った。

2

こずえがやってくる。リュックサックを背負い、両手に箱を持っている。

こずえ　おばあちゃん！　おばあちゃん！

反対側から、ナオがやってくる。

ナオ　なんね、またあんたかね。
こずえ　悪かったわね、私で。ちょっと、この荷物、どこに置けばいい？
ナオ　どこでも好きな所に置けばええじゃろう。一体全体、何の騒ぎかね、今日は。
こずえ　（箱を置いて）もう、また忘れちゃったの？　先週、約束したじゃない、パーティーをやろうって。
ナオ　パーティー？
こずえ　クリスマス・パーティーよ。今日は十二月二十四日なのよ。
ナオ　ほう言やあ、そんとなこと言うちょったね。

こずえ　（リュックサックを下ろして）これ、今夜の食事の材料。私、料理はあんまり得意じゃないけど、今から作れば何とかなると思う。もちろん、おばあちゃんにも手伝ってもらうからね。

ナオ　手伝ってもええけど、ウチは和食しか作れんよ。

こずえ　（リュックサックの中から本を出して）そう思って、料理の本も買ってきました。今日はローストチキンに挑戦よ。ローストチキンていうのはね、鶏をまるごと一匹、オーブンで焼くの。

ナオ　オーブン？

こずえ　そうよ。この家にはオーブンがないのよ。どうして最初に気がつかないのよ。こずえのバカ。

ナオ　そんなことより、連れはどうしたん？

こずえ　連れって？

ナオ　二人だけじゃと淋しいけえ、誰か友達を連れてくるって言うちょったじゃろう。あ、ほうか。後から遅れてくるんじゃね？

こずえ　それが、誰も来ないんだ。会社の同僚とか、高校の時の同級生とか、いろいろ誘ったのよ。でも、みんな先約があるって。

ナオ　SMAPみたいの、連れてくるって言うちょったのに。

こずえ　そういう若くてカッコいいのは、一カ月も前に売り切れなの。

ナオ　せっかくのクリスマスじゃけえね。ババアとパーティーなんて、真っ平ご免なんじゃろう。

こずえ　そんなこと、誰も言ってないよ。

ナオ　言わんでもわかるっちゃ。ババアは敏感じゃけえ。

こずえ　私はババアだなんて思ってないよ。おばあちゃんはうちの母親よりずっと若い。見た目はともかく、気持ちだけは。

ナオ　あんたもかわいそうじゃね。

こずえ　かわいそうって？

ナオ　二十九にもなって、男がおらんのんじゃろう？　それで仕方なく、ウチの所へ。

こずえ　あら、クリスマスは彼氏と過ごさなくちゃいけないなんて、一体誰が決めたの？　私は別にクリスチャンじゃないけど、クリスマスってもっと神聖なものだと思うのよね。

ナオ　イエスさんが生まれた日じゃろう？

こずえ　そうよ。そして、サンタさんがプレゼントをくれる日。

ナオ　そりゃ、子供だけの話っちゃ。ババアの所へは来てくれん。

こずえ　だから、私が来たんじゃない。

ナオ　え？

こずえ　おばあちゃんにはいつもお世話になってるでしょう？　だから、感謝の印に、私の手料理をプレゼントしようと思ったの。

ナオ　ちゅうことは、あんたがウチのサンタさんなんかね？

こずえ　サンタクロースっていうより、レインディアかな。

ナオ　ゴレンジャー？

こずえ　レインディア。トナカイのこと。私は、おばあちゃんのサンタにはなれないけど、せめてレインディアになれたらなって思ったの。

ナオ　あんた、ええ人なんじゃね、見た目より。

こずえ　見た目より、は余計よ。

ナオ　ほいじゃけど、心の中ではウチに同情しちょるんじゃろう？　ババアが一人では淋しかろうっちゅうて。

こずえ　最初はそうだったかもしれない。だって、ユカリが東京へ行く時、約束したんだもん。おばあちゃんの面倒は私が見るって。でも、何度も遊びに来るうちに、友達みたいになっちゃったから。

ナオ　はあ十年になるんじゃね。ユカリが東京へ行ってから。

こずえ　十一年よ。高校を卒業して、すぐだから。そう言えば、これ。（とポケットから封筒を取り出して）ユカリから手紙が来たの。

ナオ　ウチには来ちょらん。

こずえ　すねることないじゃない。ほらほら、おばあちゃんにも読ませてあげるから。（と封筒を差し出す）

ナオ　（受け取って）ええんかね？

こずえ　なんか、おかしなことが書いてあるのよ。だから、おばあちゃんの意見が聞きたいんだ。私、ワインを買ってくるから、その間に読んで。

ナオ　（封筒から便箋を取り出して）細かい字じゃね。こんとな蟻ん子のような字、ババアには読めん。読んで。（と便箋を差し出す）

こずえ　仕方ないなあ。じゃ、ワインは後にするか。（と便箋を受け取る）

こずえが手紙を読む。

こずえ　「前略、こずえ、元気？　私は元気」

ナオ　変わらんね、あの子は。

こずえ　小学校の時から、ずっとこの調子。これが、二十九の女の書く手紙？

ナオ　ほいで、続きは。

こずえ　「いろいろ心配をかけちゃったと思うけど、私は本当に元気。でも、拓也にだけは困っています。家へ帰ってきても、ずっと机に向かったまま。たぶん、あんまり寝てないと思う。せめて食事だけでもちゃんととりなさいって言ってるのに、半分も食べてくれない。すべては二週間前の、あの事件のせいです」

ナオ　あんときゃたまげたね。テレビをつけたら、拓也の顔がバーンて。

こずえ　記者会見のニュースでしょう？　私も見た。教頭先生の横に座って、ずっと俯いてたよね。

ナオ　ほいで、続きは。

こずえ　「最初は、家までマスコミが押しかけてきて、『話を聞かせろ』って大騒ぎ。でも、村上君のお葬式が終わると、パッタリ姿を現さなくなった。これで、やっと元の暮らしに戻れる。と思っていたちょうど矢先、今からちょうど一週間前、拓也の耳におかしな噂が伝わってきたの」

ナオ・こずえが椅子に座る。
拓也がやってくる。出席簿とファイルを持っている。後を追って、小田切先生がやってくる。剣道着を着て、竹刀を持っている。

小田切先生 朝倉先生、まだ残ってたんですか?
拓也 ええ、まあ。小田切先生は部活ですか?
小田切先生 もちろんですよ。やっぱり、体を動かすのは気持ちいいですね。朝倉先生も、明日あたり一緒にどうです。ボコボコにしてあげますよ。
拓也 僕は仕事がありますから。
小田切先生 ああ、試験の採点ですか。
拓也 いや、採点は昨日、終わりました。
小田切先生 相変わらず、仕事熱心ですね。ちなみに、僕は一枚もやってません。
拓也 中間の時みたいに、生徒に自己採点させるつもりですか?
小田切先生 あれはもうコリゴリです。答案を集めたら、全部百点ですからね。頭に来て、全部破り捨ててやりました。

拓也　そう言えば、うちのクラスの永吉も剣道部でしたよね？

小田切先生　ええ。今日も張り切って、稽古してましたよ。三年のくせに、見上げたヤツです。

拓也　永吉のヤツ、稽古に出てたんですか？

小田切先生　あいつは就職組ですからね。卒業式の前の日まで出るって言ってます。二年のヤツらにとってはいい迷惑なんですが、本人は全然気づいてません。

拓也　そうですか。実は今日、面談をする予定だったんですよ。

小田切先生　面談？

拓也　うちのクラスは一昨日から、個人面談を始めたんです。体の具合でも悪くなって、帰ったのかと思ってたんですが。

小田切先生　きっと忘れてたんでしょう。あいつは頭は悪いが、気性は真っ直ぐなヤツです。宿題は忘れても、掃除は絶対にサボりません。

拓也　それはよくわかってます。でも、面談に来なかったのは、永吉だけなんですよ。

そこへ、牧野先生がやってくる。

牧野先生　朝倉先生。

小田切先生　あれ？　牧野先生も残ってたんですか？

牧野先生　ええ。今日中に成績を出しちゃおうと思いまして。

小田切先生　もうそこまで進んじゃったんですか？　皆さん、働き者ですね。

牧野先生　小田切先生が怠け者なんですよ。朝倉先生、ちょっと。
拓也　何ですか？
小田切先生　忘年会の話ですか？　だったら、僕に相談してくださいよ。
牧野先生　そうじゃなくて、生徒の話です。朝倉先生。
小田切先生　僕だけ除け者ですか？
牧野先生　小田切先生には、採点が終わってからお話しします。
拓也　それで、生徒の話っていうのは？
牧野先生　先生のクラスの池田永吉君なんですけど、最近、様子がおかしくないですか？
小田切先生　永吉がどうかしたんですか？
牧野先生　採点は終わったんですか？
小田切先生　わかってますよ。要するに、僕は邪魔者なんでしょう？
牧野先生　そうです。あなたは怠け者で除け者で邪魔者なんです。だから、さっさとあっちへ行って。
拓也　で、永吉が何か？
牧野先生　最近、彼と話をしましたか？
拓也　いいえ。実は今日、面談をする予定だったんですが。
牧野先生　面談に来なかったんですね？
拓也　まあ、あいつは忘れっぽいヤツですから。
牧野先生　そんなのんびりしたこと言っってていいのかしら。

拓也　どういう意味です。
牧野先生　さっき、うちのクラスの生徒から聞いたんですけど、三年生の間で、おかしな噂が流れてるんです。永吉君が遺書を持ってるって。
拓也　遺書って？
牧野先生　自殺した、村上君の遺書ですよ。
拓也　まさか。
牧野先生　村上君がどうして自殺したのか、まだ何もわかってないんでしょう？
拓也　ええ。現場には遺書が残ってませんでしたから。でも、どうして永吉が。あいつは、村上とは全然親しくなかったんですよ。
牧野先生　それは、先生の目から見てでしょう？　生徒が教室で見せる顔は、その生徒の一面に過ぎないんですよ。
拓也　そんなことはわかってます。でも、どうして永吉が。

そこへ、鍋島教頭がやってくる。

鍋島教頭　先生方、今日も一日、お疲れさまでした。
小田切先生　いや、教頭先生こそ、お疲れさまです。
鍋島教頭　朝倉先生、個人面談の方はいかがです。何か新しい情報は出てきましたか？
拓也　いいえ、今の所は何も。

拓也　三日もやって、何も出てこないんですか？

鍋島教頭　まだ全員に聞いたわけじゃないんで。それに、何か知っていたとしても、教師には話しにくいのかもしれません。

拓也　そこをうまく聞き出すのが、あなたの仕事でしょう。

鍋島教頭　しかし、実際、何も知らないって可能性もあるし。

拓也　何を言ってるんですか。村上君は、うちの校舎の屋上から飛び降りたんですよ。飛び降りるなら、他にいくらだって場所があるのに。

鍋島教頭　僕だったら、もっと高いビルにするでしょうね。その方が確実に死ねますから。

小田切先生　とすれば、何か理由があったんです。うちの校舎を選んだ理由が。

鍋島教頭　学校に対して、何か恨みがあったとか？

小田切先生　同級生に対する恨み、という可能性もあります。

鍋島教頭　教頭先生は、村上がイジメにあっていたと仰るんですか？

拓也　それは、私にはわかりません。私は村上君の担任ではないですから。

鍋島教頭　担任の僕が断言します。村上は、イジメにあうような生徒ではありません。

拓也　だったら、証拠を見せてください。村上君が自殺した原因は、別にあったと。

鍋島教頭　証拠か。遺書でもあれば、話は早いのに。

小田切先生　教頭先生、そのことなんですけど。

牧野先生　牧野先生、ちょっと待ってください。

拓也　でも。

牧野先生

拓也　さっきの話は、まだ噂に過ぎない。噂の段階で、教師が騒ぎ出すのはよくないですよ。

小田切先生　僕が本人に聞いて、確かめてきます。小田切先生、剣道部のヤツらは、もう帰りましたか？

拓也　いや、まだ掃除をやってると思いますけど。

牧野先生　わかりました。教頭先生、続きは、また明日。朝倉先生！

拓也が去る。

鍋島教頭　牧野先生、噂っていうのは何ですか？

牧野先生　さっき、うちのクラスの生徒から聞いたんですけど、三年生の間で、おかしな噂が流れてるんです。教頭先生の奥様は、うちの学校の生徒だったって。

小田切先生　それじゃ、教頭先生は教え子に手を出したんですか？

鍋島教頭　先生方、はっきり言って、その噂は事実です。いや、あの時は、私もいろいろ悩みました。まあ、詳しい話は、紅茶でも飲みながら。

牧野先生・鍋島教頭・小田切先生が去る。

ナオ・こずえが立ち上がる。

こずえ 拓也君も大変ね。自殺事件が落ち着いたと思ったら、今度は遺書か。

ナオ 大変なのはこれからじゃろう。永吉っちゅう子が遺書を持っちょったら、また大きな騒ぎになる。

こずえ どうして？

ナオ 遺書を読めば、自殺した理由がわかる。それがイジメじゃったら、イジめた子の名前が書いてあるかもしれん。

こずえ 考えすぎじゃないかな。村上って子は、イジメにあうような子じゃなかったんだよ。成績もよかったし、性格もまじめだったし。

ナオ そりゃあ、拓也の目から見ての話じゃろう。

こずえ 最近のイジメって、やり口が巧妙なのよね。ベテランの先生でも、なかなか気づかないみたい。

ナオ 拓也はうっかり者じゃけえ、なおさらじゃね。

こずえ　「そして、拓也は剣道場へと走りました。ところが、中は空っぽ。慌てて部室へ行ったら、一年生が『池田先輩なら、今、帰りました』って。こうなったら、もう意地よ。拓也は全速力で校門を飛び出したの」

ナオ・こずえが椅子に座る。
永吉がやってくる。竹刀の入った袋とスポーツバッグを持っている。後を追って、拓也が走ってくる。

拓也　永吉！　ちょっと待ってくれ！
永吉　（立ち止まって）朝倉先生、どうかしたんですか？
拓也　どうかしたんですか、じゃないだろう。おまえ、今日は面談じゃなかったっけ？
永吉　そう言えば、そうでしたね。
拓也　やっぱり忘れてたのか？　まあ、いつものことだから、仕方ないか。三十分で済むから、一緒に学校へ戻ろう。
永吉　俺、家の手伝いがあるんですよ。
拓也　知ってるよ。うちの姉さんと、六時に交代するんだろう？　ちょっとぐらい遅れたって、大丈夫大丈夫。姉さんには、俺が謝っておくから。
永吉　でも、ユカリさんだって、何か予定があるかもしれないし。失礼します。（と歩き出す）
拓也　待てよ、永吉。
永吉　（立ち止まって）明日にしましょう。明日は必ず行きますから。

拓也　どうしてそんなにイヤがるんだ。おまえ、何か隠し事でもしてるのか？
永吉　隠し事って？
拓也　永吉、おまえは剣道部の人間だよな？　剣の道を志す人間は、絶対に嘘をつかないよな？

永吉　もちろんですよ。
拓也　じゃ、俺の質問に正直に答えてくれ。おまえ、村上の遺書を持ってるのか？
永吉　遺書？
拓也　さっき、牧野先生から聞いたんだ。三年生の間で噂になってるって。
永吉　先生は噂を信じるんですか？
拓也　最初は信じられなかった。おまえと村上なんて、全然接点がないからな。村上は進学組で、成績はトップクラス。おまえははっきり言って、下から数えた方が早い。

永吉　一番下ですからね。
拓也　村上は部活に入ってないし、住んでる所もおまえとは逆の方向だ。二人で話をしてるところなんて、一度も見たこともない。

永吉　それなら、どうして僕に遺書をくれるんです。
拓也　わからない。だから、こうして聞いてるんだ。持ってるのか？　持ってないのか？
永吉　僕が持ってるって答えたら、次は見せろって言うでしょう？
拓也　ああ。俺はどうして村上が自殺したのか、理由を知りたい。俺だけじゃなくて、クラスのみんなも知りたがってる。

永吉　僕が見せたくないって言ったら？
拓也　それでも、俺は見せてくれって頼むだろう。
永吉　それでも、見せたくないって言ったら？
拓也　じゃ、噂は本当なんだな？　おまえは遺書を持ってるんだな？
永吉　(背を向ける)
拓也　答えないってことは、持ってるってことだな？
永吉　(歩き出す)
拓也　(永吉の腕をつかんで) 待てよ、永吉。
永吉　(拓也の手を振り払って) 放してください。
拓也　(永吉の胸ぐらをつかんで) どうして正直に答えないんだ。おまえは遺書を持ってるんだろう？
永吉　放してください！

永吉が拓也を突き飛ばす。拓也が倒れる。

拓也　永吉！
永吉　持ってない！　俺は遺書なんか、持ってない！

そこへ、雷太が飛び出す。永吉を突き飛ばす。

拓也　何ですか、あなたは。
雷太　ここは俺に任せて、逃げるんだ。
拓也　逃げるって、どこへ?
雷太　いいから、黙って俺の言うことを聞くんだ、拓也。
拓也　どうして僕の名前を知ってるんですか?
雷太　それは秘密だ。

雷太が永吉につかみかかる。永吉が雷太を殴る。雷太がよろめく。

雷太　なかなかやるな、少年。

雷太が永吉に殴りかかる。永吉が避ける。雷太がさらに永吉に殴りかかる。拓也が雷太の腕をつかむ。

拓也　うちの生徒に何をするんですか。
雷太　逃げろと言ってるのがわからんのか。
拓也　あなたこそ、早くどこかへ行ってください。
雷太　聞き分けのないヤツだな。俺はおまえを助けるために――

永吉が雷太の肩をつかみ、拓也から引き剥がす。雷太が永吉を殴りかかる。永吉が竹刀の入った袋で、雷太に打ちかかる。雷太が避ける。

拓也　やめろ、永吉！

雷太が永吉に殴りかかる。拓也が雷太の腕をつかむ。そこへ、永吉が打ちかかる。雷太が倒れる。

永吉　いけね。もろに入っちゃった。

拓也が雷太を抱き起こす。

拓也　まずいぞ。前歯が折れてる。

永吉　急いで、病院へ運びましょう。

拓也　それより、おまえの家へ行こう。店の車を借りて、病院へ運ぶんだ。

永吉　わかりました。

永吉が雷太を背負う。拓也が永吉の荷物を持つ。

永吉　この人、先生の知り合いなんですか？

拓也　いや、全く記憶にない。一体誰なんだ、この人。

雷太・拓也・永吉が去る。

4

ナオ・こずえが立ち上がる。

こずえ　一体誰なのよ、この人。
ナオ　東京は怖い所じゃね。見ず知らずの男がいきなり襲いかかってくるんじゃけえ。
こずえ　見ず知らずじゃないよ。拓也君の名前を知ってたじゃない。
ナオ　ほう言やあ、拓也っちゅうとったね。
こずえ　呼び捨てにするってことは、かなり親しい関係ってことよね？
ナオ　きっと大学の先輩か何かじゃろう。
こずえ　違うよ。そんなに最近の知り合いだったら、拓也君も覚えてるはずだもん。
ナオ　ちゅうことは、こっちで一緒じゃったっちゅうことかいね？
こずえ　おばあちゃんは知らない？
ナオ　ウチが知っちょるわけないじゃろう、こんとなおかしな男。
こずえ　よく考えてよ。
ナオ　そう言われても、手紙では名前も顔もわからんのじゃけえ。

こずえ　そう言えばそうね。「私が勤めている花屋さんは、拓也の高校から、歩いて五分の所にあります。小さいけど会社になっていて、社長は永吉君のお母さん。とっても元気なオバサンです」

ナオ・こずえが椅子に座る。
拓也が走ってくる。

拓也　姉さん！　姉さん！

反対側から、歌子がやってくる。

歌子　あら、先生。そんなに慌てちゃって、どうしたんですか？
拓也　いや、実は永吉君が――
歌子　あの子、また何かやらかしたんですか？　さては、また赤点を取ったんですね？
拓也　ええ、取りました。でも、今はその話じゃなくて――
歌子　一体、何科目取ったんですか？　まさか、全部ですか？
拓也　数学以外は全部です。でも、数学はまだ採点が終わってないからで、終われば自動的に赤点ということになるでしょう。
歌子　私が悪いんです。私が店の手伝いをやらせるから、あの子には勉強する暇がないんです。

責めるなら、私を責めてください。そのかわり、卒業だけはさせてやってください。

そこへ、雷太を背負った永吉がやってくる。

永吉 ただいま。
歌子 永吉、おまえからも先生に頼みな。
永吉 何を。
歌子 あれ？　その人は何だい？
拓也 （永吉に）よし、ここに下ろすんだ。

永吉が雷太を床に下ろす。

歌子 この人、気を失ってるじゃないか。一体、何があったんだい？
拓也 実は、永吉君が竹刀で顔を叩いちゃったんです。
歌子 このバカ、暴力事件を起こしたんですか？
拓也 永吉君は悪くないんです。この人がいきなり襲いかかってきたから。
永吉 （歌子に）正当防衛だったんだよ。
歌子 偉そうな口、叩くんじゃないよ。理由はどうあれ、他人様に怪我をさせたことに変わりはないだろう？

拓也　すぐに病院へ運びたいんです。店の車を貸してもらえませんか？
歌子　どうぞどうぞ。あ、ダメだ。さっき、ユカリちゃんが乗ってっちゃったんだ。
拓也　そうですか。じゃ、救急車を呼んだ方がいいかな。
永吉　救急車？　歯が折れただけなのに？
拓也　急いで出血を止めないと、面倒なことになるだろう。それに、顎の骨まで折れてる可能性もあるし。
雷太　(目を開ける)
歌子　あ、この人、目を覚ましましたよ。
拓也　(雷太に) 大丈夫ですか？
雷太　ここは？
歌子　フラワーショップ・キャロルです。お花を買うなら、ぜひ当店で。
永吉　こんな時に、宣伝なんかするなよ。
雷太　あ、貴様！

雷太が立ち上がり、永吉に殴りかかる。拓也が雷太の腕をつかむ。

拓也　ちょっと待って。
雷太　放せ、拓也。さっきは不覚を取ったが、今度こそは。
歌子　うちの子に、何をするんですか。

雷太　ほう、俺が寝ている間に、援軍を呼んだのか。よし、二人でも三人でも、束になってかかってこい。
拓也　いいから、待って。
雷太　なぜ止める。こいつはおまえの敵なんだろう？
拓也　違います。この子は、僕の教え子ですよ。
雷太　教え子？　教え子がなぜ先生に暴力を振るうんだ。
歌子　（永吉に）おまえ、先生に暴力を振るったのかい？
永吉　ちょっと押しただけだよ。
歌子　本当ですか、先生？
拓也　本当です。僕が感情的になって、永吉君の腕をつかんだのがいけなかったんです。
雷太　ということは、別に襲われていたわけではないんだな？　だったら、俺の出る幕はない。さらばだ。（と歩き出す）
拓也　ちょっと待って。あなた、怪我は大丈夫なんですか？
永吉　あれ？　この人、歯が生えてる。
雷太　当たり前だ。
拓也　本当だ。さっきは間違いなく、折れてたよな？
永吉　俺、見たよ。一度折れた歯がどうしてまた生えてくるんだ？
雷太　よかった。これでやっと永久歯がそろった。では。（と歩き出す）

IT'S GOOD TO H
A BEST FRIE

と、雷太の目の前に、ユカリがやってくる。

ユカリ　ただいま。
歌子　あら、ユカリちゃん、お帰り。
ユカリ　拓也、こんな所で何してるの？　永吉君の家庭訪問？
雷太　では。（と歩き出す）
拓也　ちょっと待って。（と雷太の腕をつかんで）姉さん、この人、知ってる？
ユカリ　誰、その人？
拓也　わからないから、聞いてるんだよ。（雷太に）あなた、僕の名前を知ってましたよね。
雷太　知らないよ、陣八。
拓也　何が陣八だ。さっきは、拓也って呼んだじゃないですか。
ユカリ　じゃ、あんたの知り合いなんでしょう？
拓也　でも、俺には全く記憶がない。だから、姉さんの知り合いかと思って。
ユカリ　（雷太に）あなた、お名前は？
雷太　名乗るほどの者ではない。では。（と歩き出す）
ユカリ　その顔。前にどこかで会ったような気がする。どこで会ったんでしたっけ。
雷太　忘れたのか、ユカリ？　俺だよ、石田だよ。
ユカリ　石田？
雷太　下関第五小学校で同級生だった、石田小吉だよ。

ユカリ　石田小吉君？　そんな人、いたっけ。
雷太　本当に忘れたのか？　五年生の時、一緒に美化委員をやったじゃないか。花壇に水を撒いたり、草むしりをしたり。
ユカリ　確かに美化委員はやったけど、一緒にやったのは車谷君で。
雷太　あいつはサボってばかりいるから、俺がかわりに手伝ってあげたんじゃないか。
ユカリ　そうだったっけ。私、忘れっぽいから。
雷太　俺たちが五年生の時、拓也は一年生だった。（拓也に）おまえはあの頃と全然変わってないな。
拓也　いや、かなり成長したと思いますけど。
雷太　いや、全然変わってない。そのおまえが、今では先生か。外見はともかく、中身はそれなりに成長したようだな。では。（と歩き出す）
歌子　もう帰っちゃうんですか？　よかったら、コーヒーでも飲んでいってくださいよ。
ユカリ　いいんですか、社長？
歌子　久しぶりに会ったんだ。積もる話もあるだろう？　永吉、急いでコーヒー豆、買ってきな。
永吉　豆ぐらい、買っておけよ。
雷太　（歌子に）お気持ちはありがたいんですが、これから行く所があるんですよ。
ユカリ　ちょっとだけならいいじゃない。ねえ、石田君。

そこへ、騎一郎がやってくる。

騎一郎 北条殿。
ユカリ 北条殿？
雷太 (騎一郎に) おぬし、どこへ行っていたんだ。
騎一郎 何を言ってるんですか。先に姿を消したのは、北条殿の方でしょう？
ユカリ その人、石田君のお友達？
雷太 いや、こいつは昔からの知り合いで。
騎一郎 いいんですか、話をしちゃって。
雷太 よくない。それではユカリ、また逢おう。拓也も達者でな。

雷太・騎一郎が去る。

こずえ 何なのよ、あの人。
ユカリ 本当におかしな人でしょう？ こずえはあの人のこと、覚えてない？
こずえ 覚えてないよ、石田小吉なんて。
ユカリ 本当の名前は北条なんじゃないかな。五年生の時、クラスに北条なんて人、いたっけ？
こずえ いなかった。隣のクラスにも、そのまた隣のクラスにもいなかった。
ユカリ そうよね？ でも、あの顔には確かに見覚えがあるのよ。

こずえ　前にも一度会ってるってこと？

ユカリ　それがいつ、どこだったか、思い出せないの。

こずえ　あの人、あんたが小学生だった頃のこと、知ってたよね？　ということは、その頃、下関に住んでたんじゃない？

ユカリ　でも、うちの近所には、北条なんて人、いなかったと思うんだけど。

こずえ　おばあちゃんはどう？　おばあちゃんは北条って人、知ってる？

ナオ　知っちょる。

こずえ　え？　知ってるの？

ナオ　うちの近所に住んじょった。今から六十年前。

こずえ　六十年前？　その人、一体いくつなのよ。

ナオ　ウチより十歳年上じゃった。下の名前は雷太。北条雷太。

十二人

十二人がやってくる。

明治二年五月。三人は小舟の上で目を覚ました。小舟はどこかの岬の突端の、岩と岩の間にできた、小さな砂浜に打ち上げられていた。三人は岩をよじ登り、岬の上に立った。見渡す限りの青い海。いつの間にか、朝になっていた。竜巻に飲み込まれてから後の記憶は、何もない。が、ともかく命だけは助かったのだ。三人は互いの無事を喜び合い、これからのことを話し合った。

小舟が打ち上げられたのは、陸中海岸浄土ケ浜。現在の岩手県宮古市だった。新たに戦いを始めるなら、まずは江戸へ帰らなくては。しかし、三人には金がなかった。江戸へ帰るどころか、その日の朝飯を食うこともできなかった。三人は刀を土に埋めて、宮古の町へと向かった。とりあえず、働こう。それが、三人の出した結論だった。

そこへ、陣八がやってくる。大工の恰好をしている。

5

十二人

遠山陣八は、大工の見習いになった。彼は幼い頃から手先が器用で、剣や論語を学ぶより、家の雨漏りを直したり、壁を塗り替えたりする方が好きだった。その特技を活かして大工に弟子入りしたわけだが、たった一日で親方に気に入られてしまった。彼はどんなに高い所でも、平気な顔をして昇ったのだ。バカと煙は高い所が好きなのだ。

そこへ、騎一郎がやってくる。農夫の恰好をしている。

十二人

大岡騎一郎は、農家の小作人になった。彼は江戸築地の軍艦操練所の出身で、技師としては最高の知識を持っていた。しかも、当時、操練所で教授をしていた中浜万次郎、通称・ジョン万次郎に英語を習い、通訳としても最高の能力を持っていた。が、東北の港には、彼の力を活かす仕事がなかった。生まれて初めての農作業は、彼にとって拷問に等しかった。

そこへ、雷太がやってくる。漁師の恰好をしている。

十二人

北条雷太は、漁師になった。彼の家は代々、お庭番をつとめていて、彼も十代の頃から、全国各地を飛び回っていた。彼の生活は、毎日が旅だった。だから、舟に乗ることも多く、日本中の海をその目で見ていた。漁をするのは初めてだったが、海の知識が彼を助けた。彼は毎日、海へ出かけた。漁のない日は、水泳の練習をした。

陣八が去る。

十二人

それから、一年と二カ月後。明治三年七月のことだった。寺の新築工事で、屋根に昇っていた陣八が、足を滑らせて地面に落ちた。報せを聞いた騎一郎と雷太は、すぐに寺へ駆けつけた。が、もはや手遅れ。首の骨が折れて、ほとんど即死の状態だった。二人は亡骸と一晩を過ごし、翌朝、岬へと向かった。三人の乗った小舟が打ち上げられた、あの岬へと。

雷太・騎一郎が顔を合わせる。

騎一郎 これから、どうします？

雷太 どうするとは？

騎一郎 陣八が死んで、俺たちは二人きりになってしまった。それでも、北条殿は戦うって言うんですか？

雷太 当たり前だ。俺は絶対に諦めない。おまえが死んで、俺一人になっても。

騎一郎 一人で何ができるんです。

雷太 何でもできる。百姓どもをたきつけて、一揆を起こしてもいい。江戸の町に火をつけて、政府をまるごと燃やしてもいい。

騎一郎　北条殿の気持ちはわかります。しかし、悪いのは薩長のヤツらです。百姓や町人に、罪はない。

雷太　それはそうだが、他にどんな方法がある。

騎一郎　銭さえあれば、どうにでもなります。北条殿はいくらたまりました？

雷太　まあ、ぼちぼちというところかな。おぬしは？

騎一郎　お恥ずかしい話ですが、俺の財布はほとんど空っぽです。食うのに精一杯で、ためるどころではなくて。

雷太　実は俺もそうなんだ。よかった、俺だけでなくて。

騎一郎　こんな俺たちが、どうやって政府と戦うんです。鉄砲一丁買うこともできないのに。

雷太　まさか、おぬしは俺に諦めろと言うのか？

そこへ、陣八がやってくる。白い着物を着ている。

陣八　やっぱりここにいたんですか。

雷太　騎一郎、世の中にはおかしなことがあるもんだな。あの男、死んだ陣八にそっくりだ。

陣八　当たり前ですよ、本人なんだから。

騎一郎　馬鹿者。陣八は首の骨が折れたんだぞ。おぬしは折れてないではないか。

陣八　なんだか知らないけど、治っちまったみたいなんだ。ほら、触ってみろよ。

雷太　こっちへ来るな。あっちへ行け。

陣八　冷たいこと言わないでくださいよ、北条殿。一回死んだぐらいで、差別しないでほしいなあ。
雷太　おぬし、本当に陣八なのか？　とすると、おぬしは幽霊なんだな？
騎一郎　でも、こいつ、足がありますよ。それに、幽霊にしては、やけに明るい。化けて出てきたにしては、あまりにさっぱりした顔をしています。むしろ、風呂から出てきたって感じです。
陣八　それは、俺が生き返ったからだよ。まあまあ、立ち話というのもなんですから、座って話を聞いてください。

三人が近寄って、座り込む。

十二人　陣八の話はこうだった。ふと気がついてみると、彼はお花畑の真ん中に立っていた。遠くの方から、「陣八さん、こっちよ」という声がする。それは昔、吉原で抱いた太夫の声によく似ていた。陣八はすっかりうれしくなって、お花畑を駆けた。すると、大きな川に出た。
陣八　やべえ、三途の川だ。
十二人　と立ち止まったが、声は川の向こうから聞こえる。命を取るか、女を取るか。もちろん、彼は女を取った。川に飛び込み、抜き手を切る。と、目の前に、あの竜巻が現れた。
陣八　邪魔するな、この野郎！

十二人　と怒鳴ったが、あっという間に飲み込まれてしまった。ふと気がついてみると、彼は棺桶の中で寝ていた。

陣八　蓋を開けて外へ出たら、和尚が泡を吹いて倒れてました。悪いことをしちまったな。

雷太　どうやら、嘘ではないようだな。おぬしは本当に生き返ったらしい。

騎一郎　しかし、確かに首の骨が折れていたのに。

陣八　俺の体は頑丈なんだ。子供の頃から、風邪一つ引いたことがない。

騎一郎　だからって、一度折れた骨が簡単にくっついてたまるか。

雷太　いや、簡単にくっついたんだ。俺にはわかる。実は、俺にも似たような経験があってな。

十二人　雷太の話はこうだった。去年、漁に出た時、包丁で指を切ってしまった。魚を捌いている最中に、船が大きく揺れたのだ。指は皮一枚を残して、ぶらんと垂れ下がった。慌てて元に戻したが、血は止まらない。とりあえず消毒しようと思って、酒瓶を探していると、なぜかすっと痛みが消えた。

雷太　おや？

十二人　と思って、指を見ると、元通りにくっついていた。傷一つ残さずに。

雷太　あまりにおかしな出来事なんで、ずっと悩んでいたんだ。俺は変なのではないかって。

陣八　しかし、おぬしも変だったのか。

騎一郎　これで俺たち、仲間ですね。

陣八　実は俺も。

本当か？　仲間になりたくて、でまかせを言うつもりではないだろうな？

騎一郎　悪かった。忘れてくれ。

雷太　しかし、これは変というだけでは済まされない話だぞ。俺はともかく、陣八は一度死んだんだからな。

陣八　俺も北条殿も、不死身の体になったってことですかね？

雷太　まるで、昔話に出てくる仙人のようだな。そんなことが、実際にあるとは思えんが。

騎一郎　竜巻のせいではないですか？

陣八　竜巻？

騎一郎　俺たちは、竜巻に飲み込まれたのに、死ななかった。それは、運がよかったからだと思っていた。しかし、事実は逆だったんです。竜巻には、俺たちを死なせることができなかった。俺たちは竜巻に勝ったんです。

雷太　そうか。俺たちは勝ったのか。

騎一郎　竜巻には異常な力があります。周りにあるものすべてを引き寄せる、強い力が。竜巻に勝った俺たちは、その力を手に入れた。見た目は他人と変わらないが、生きる力は竜巻なみなんです。

雷太　つまり、俺たちの体の中には、竜巻が入ってるんだな？

陣八　ちょっと待ってください。その説が正しいとしたら、騎一郎まで不死身ということになります。

騎一郎　つまり、俺も仲間というわけだ。

陣八　馬鹿を言うな。おぬしは何も怪我をしてないではないか。どうしても仲間になりたいなら、ここで腹を切れ。それでも死ななかったら、仲間と認めてやる。

騎一郎　よし。切ってやろうではないか。（と懐から短刀を出す）

十二人　騎一郎は切った。が、傷口はすぐに塞がった。

陣八　悪かったな、疑ったりして。

雷太　そうとわかったら、すぐに出発だ。

陣八　どこへ？

雷太　決まっているだろう、江戸へ行くんだ。新たに戦いを始めるんだ。

陣八　まだ諦めてなかったんですか？

雷太　諦めるもんか。確かに、俺も一度は迷った。しかし、自分が死なないとわかったら、俄然、勇気が湧いてきた。俺たちは、千人の味方を手に入れたのと同じなんだ。

陣八　千人だろうが、二千人だろうが、政府を倒すことなんかできませんよ。

雷太　正面からぶつかっても、歯が立たないのはわかっている。だから、一人ずつ殺すんだ。失敗しても、俺たちはすぐに生き返る。だから、最後には必ず勝つ。

陣八　そんなことをして、何になるんです。俺たちが殺さなくても、ヤツらはいつか死ぬんですよ。

雷太　だから、許してやれと言うのか？　そんなことをしたら、上野で死んだ仲間はどうなる。箱館で死んだ仲間はどうなる。おぬしは仲間の仇が討ちたくないのか？

陣八　討ちたくない。

雷太　なんだと？

陣八　人が死ぬのを見るのは、もうこりごりだ。やりたかったら、騎一郎と二人でやってください。

雷太　（陣八の胸ぐらをつかんで）貴様、それでも武士か！　大工のふりをしているうちに、武士の魂をなくしたのか！

騎一郎　北条殿、やめてください！（と雷太の腕をつかむ）

陣八　（雷太を突き飛ばして）まだわからないんですか、北条殿。俺たちの戦いは、もう終わってるんですよ。（と歩き出す）

騎一郎　どこへ行く。

陣八　（立ち止まって）江戸へは二人で行ってくれ。俺はここでお別れだ。

騎一郎　この町に残るのか？

陣八　いや、別の町へ行く。生き返ったところを、和尚に見られちまったからな。もうこの町にはいられない。運がよければ、またいつか会えるだろう。それまで、達者でな。（と歩き出す）

雷太　待て、陣八。

陣八　（立ち止まって）もうやめましょう。これ以上、話をしても、喧嘩になるだけです。

雷太　おぬし、約束を忘れてないか。竜巻に飲み込まれる前にした約束を。

陣八　死ぬも一緒、生きるも一緒。

雷太　一緒というのは、いつもそばにいるということだ。おぬしを一人で行かせてたまるか。

陣八　北条殿。

騎一郎　俺も一緒に行くぞ。
陣八　旅は道連れって言いますからね。まあ、俺たちの旅はかなり長くなりそうだけど。

雷太・陣八・騎一郎が去る。

十二人　明治三年七月、三人は陸中海岸浄土ケ浜を旅立った。しかし、彼らは気づいてなかった。自分たちが死なないというだけでなく、老いないということを。彼らは不死身になったのではなく、不老不死になったのだ。永遠の若さを手に入れた時、人はどんな気持ちになるだろう。彼らの場合は地獄だった。しかし、その地獄に気づくのは、ずっと先の話なのだ。

6

ナオがやってくる。アルバムを持っている。椅子に座って、アルバムを開く。そこへ、こずえがやってくる。

こずえ　おばあちゃん、何見てるの？（とアルバムを覗き込む）
ナオ　（アルバムを閉じて）何でもない。
こずえ　隠すことないでしょう？　私に見られたら、困るものなの？
ナオ　困りゃせんけど、恥ずかしいけえ。
こずえ　わかった。アルバムね？　おばあちゃんが若くてキレイだった頃の写真とか、貼ってあるの？
ナオ　キレイだった？
こずえ　まさか、今でもキレイだって言いたいの？
ナオ　ビビアン・リーは死ぬまでビビアン・リーじゃった。
こずえ　なるほどね。昔から、「腐っても鯛」って言うもんね。
ナオ　ウチは腐っちょっるって言うんかね。

こずえ　おばあちゃんの場合は、「干からびてもウナギ」って感じかな。
ナオ　帰れ。パーティーは中止じゃ。
こずえ　わかった、わかった。おばあちゃんは今でもキレイよ。ミスおばあちゃんコンテストに出たら、優勝間違いなし。だから、そのアルバム、見せて。
ナオ　嘘つきには見せん。
こずえ　まあ、そう言わないで。（とアルバムを開いて）へえ、これ、女学校の時の写真？
ナオ　卒業式じゃね。ウチは十八じゃった。
こずえ　この頃は、まだ干からびてないね。結婚したのは、卒業してすぐ？
ナオ　違う。しばらくは、家の手伝いをやっちょった。
こずえ　おばあちゃんの家って、何屋さんだっけ？
ナオ　結構大きな料亭じゃった。ウチは一人娘じゃったけえ、婿を取って跡を継ぐはずじゃった。ほいじゃけど、二十歳の時に、家を飛び出した。
こずえ　どうして？
ナオ　好きな人ができたんじゃけど、親に反対されたんよ。
こずえ　それじゃ、駆け落ちしたってこと？
ナオ　そんとなスキャンダラスなことはしちょらん。荷物をまとめて、相手の家に転がり込んだだけっちゃ。
こずえ　それがユカリのおじいちゃんてわけか。どんな人だったの？
ナオ　ええ男じゃった。

こずえ　そうだろうね。で、何をしてたの？
ナオ　あれほどええ男は、今の世の中を見回しても、ＳＭＡＰだけじゃね。
こずえ　それはよくわかったから、どんな仕事をしてたの？
ナオ　漁師をやっちょった。漁師っちゅうと、頭の中には酒と女のことしか入っちょらん。そんとな感じがするじゃろう？　ほいじゃけど、あの人は違うた。初めて会うた時、あの人は何をしちょったと思う？
こずえ　何だろう。
ナオ　浜辺で竹刀を振っちょった。兵隊さんやおまわりさんならともかく、剣道をやっちょる漁師なんて、下関じゃあの人だけじゃった。
こずえ　亡くなったのはいつ？
ナオ　ウチは二十五じゃった。漁に出かけて、そのまま帰ってこんかった。
こずえ　そう言えば、北条って人と知り合ったのも、ちょうど同じ頃よね？
ナオ　ああ。
こずえ　その人、おばあちゃんとはどういう関係？　近所に住んでたってだけじゃないんでしょう？
ナオ　どうしてそう思うんかね。
こずえ　だって、手紙に北条って名前が出てきたら、いきなりアルバムなんか持ってきて。北条って人の写真を見ようと思ったんじゃないの？
ナオ　あんた、頭がええんじゃね。見た目より。

こずえ　見た目より、は余計よ。

ナオ　ほいじゃけど、手紙に出てきた北条さんは、ウチの知っちょる北条さんとは、別人じゃろう。

こずえ　それはまだわからないよ。続きを読んでみないと。

ナオ　読んで。

こずえ　でも、そろそろ食事の支度を始めないと。

ナオ　そんとなもん、日が暮れてからでも、間に合うじゃろう。読んで。

こずえ　仕方ないなあ。まだワインも買いに行ってないのに。

こずえが手紙を読み始める。

こずえ　「それから一週間は、何事もなく過ぎました。と言っても、拓也は個人面談をしたり、家庭訪問をしたりで大忙し。もちろん、原因はあの噂です。永吉君は否定したけど、拓也は信じなかったみたい。それで、そもそも最初に噂を流したのは誰か、徹底的に調べることにしたの」

ナオ　そんとなこと、調べてわかるんかね。

こずえ　「でも、結局はわからなかった。生徒は素直に話してくれたけど、どうしても一人に絞ることはできなかったの。ただ一つだけはっきりしたのは、村上君が自殺した次の日、永吉君が屋上で手紙みたいなものを読んでいたってこと」

ナオ　それは誰が見たんかいね？

こずえ　「何人もの生徒が見てるの。その話が伝わるうちに、いつの間にか、遺書ってことになっちゃったみたい。そして今日、さらに新しい事件が起こったの」

ナオ・こずえが椅子に座る。

小田切先生がやってくる。後を追って、牧野先生がやってくる。

牧野先生　小田切先生、採点は終わりましたか？

小田切先生　すいません。今日、家へ持って帰って、必ず全部やってきますから。

牧野先生　昨日もそう言って、やってこなかったじゃないですか。終業式まで、あと三日しかないんですよ。小田切先生が成績を出してくれないと、通信簿が配れなくなるんですよ。

小田切先生　三日もあるなら、一日ぐらい待ってくれてもいいじゃないですか。どうせ僕は、怠け者で除け者で邪魔者なんだから。

牧野先生　それを一言で言うと、何て言うか知ってますか？

小田切先生　いいえ。何て言うんですか？

牧野先生　たわけ者です。

小田切先生　さすが国語の先生。語彙が豊かだ。

そこへ、鍋島教頭がやってくる。

鍋島教頭　先生方、朝倉先生はどこにいるか、知りませんか？
小田切先生　まだ剣道場にいると思いますけど。
鍋島教頭　剣道場？　どうしてそんな所に？
小田切先生　昨日から稽古に出てるんですよ。生徒たちは、いいオモチャができたって喜んでます。
鍋島教頭　すいませんが、呼んできてもらえませんか。
小田切先生　構いませんけど、用件は何ですか？
鍋島教頭　用件を言わないと、呼んできてくれないんですか？
小田切先生　とんでもない。教頭先生のためなら、どこへでも飛んでいきますよ。

小田切先生が去る。

牧野先生　用件て、また村上君のことですか？
鍋島教頭　牧野先生、驚かないで聞いてください。実は今、三年生の間で、とんでもない噂が流れてるんです。朝倉先生のクラスの池田永吉って生徒が——
牧野先生　遺書を持ってるって噂でしょう？
鍋島教頭　牧野先生、知ってたんですか？
牧野先生　ええ。一週間ほど前に、生徒から聞きました。
鍋島教頭　どうして私に報告してくれなかったんです。

牧野先生　しようとは思ったんですが、朝倉先生に止められて。
鍋島教頭　まさか、口止めされたんですか？
牧野先生　違います。たぶん、自分で確かめてからって思ったんでしょう。
鍋島教頭　勝手なことをされては、困りますね。おかげで私は、大恥をかいてしまいましたよ。
牧野先生　大恥？
鍋島教頭　私はその噂を誰から聞いたと思います。村上君のご両親からですよ。さっき電話があったんです。ぜひとも永吉君に会わせてほしいって。
牧野先生　それじゃ、ご両親は学校にいらっしゃるんですか？

そこへ、健・真理子がやってくる。

健　教頭先生。
鍋島教頭　これはこれは、村上さん。こんなに早くいらっしゃるとは思いませんでしたよ。
健　すいません。家内が、一刻も早くって言うもんで。それで、永吉君には会わせていただけるんでしょうか？
鍋島教頭　もちろんですよ。その前に、朝倉先生から詳しい事情を聞いてみようと思いまして。今、呼びに行かせたところです。

そこへ、拓也・小田切先生がやってくる。

小田切先生　教頭先生、呼んできました。
鍋島教頭　じゃ、今度は永吉君を呼んできてください。
小田切先生　また僕が？
鍋島教頭　「教頭先生のためなら、どこへでも」って言いませんでしたっけ？
小田切先生　できれば、一日一回にしてほしいなあ。
鍋島教頭　何か言いましたか？
小田切先生　行ってきます。

小田切先生が去る。

鍋島教頭　朝倉先生、今日、村上さんがいらっしゃったのは、他でもありません。例の噂が事実かどうか、確かめるためです。
拓也　教頭先生、ご存じだったんですか？
鍋島教頭　ついさっき、村上さんからお聞きしました。本当は、あなたの口から聞きたかったんですが。
拓也　隠してたわけじゃないんです。事実かどうか確かめてから、と思ったんで。
健　朝倉先生は、永吉君に話を聞いてみたんですか？
拓也　ええ。

健　彼は何て言ってました。
拓也　持ってないって断言しました。
牧野先生　本当に持ってないんでしょうか。彼が嘘をついているという可能性はありませんか。
健　永吉君は嘘をつくような子じゃないですよ。
真理子　そうなんですか？
牧野先生　私、彼に国語を教えてますけど、素直ないい子です。あの子が持ってないって言うなら、
真理子　本当に持ってないんですよ。
牧野先生　それじゃ、噂は誰かのイタズラだったんですか？
健　そうだと思います。
鍋島教頭　朝倉先生、勇はイジメにあっていたんでしょうか。
健　そんなことはありませんよ。そうですね、朝倉先生？
　しかし、イタズラにしてはあまりに悪質じゃないですか。勇はクラスで、からかいの対象になっていた。だから、自殺した後もからかわれている。そうとは考えられませんか。
拓也　村上君はからかわれてなんかいません。確かに、彼はクラスで孤立していました。しかし、それは、みんなに一目置かれてるって感じで——
鍋島教頭　村上君は成績が抜群でしたからね。
健　朝倉先生はご存じですか？　勇がなぜこちらの学校に入学したか。
拓也　知ってます。中学三年の時、腎臓病で入院して、志望校が受験できなかったんですよね？
　それでやむを得ず、うちの学校の二次募集を受けた。

健　勇の病気は、命に関わるほど重いものでした。だから、無事に退院できた時、私たち夫婦は誓ったんです。これからは、勇の好きなようにさせてやろうって。どんな大学へ行こうと、どんな仕事に就こうと構わない。とにかく、生きていてくれるだけで十分だって。だから、勇が以前ほど勉強しなくなっても、一切口は出しませんでした。

拓也　しかし、村上君はよくやってましたよ。うちの学校の授業は、彼には易しすぎたはずなのに、まじめに話を聞いて、ノートもとって。

健　勇は、自分の思った通りに生きていましたか。誰にも邪魔されずに。

拓也　僕の目にはそう見えました。

健　だったら、どうして死んだんですか。あの子は、私たちの知らないところで、苦しんでいた。だから、自殺したんでしょう。あの子の苦しみが何だったのか、私たちは知りたいんです。いや、知らなければならないんです。あの子の親として。

真理子　(拓也に)永吉君に会わせてください。会って、話をさせてください。

鍋島教頭　しかし、彼は持ってないって言ってるんですから。

拓也　いや、永吉は持ってます。

真理子　本当ですか?

拓也　しかし、誰にも見せたくないんです。だから、必死で嘘をついてるんです。

真理子　私に話をさせてください。

拓也　それは、永吉を苦しめるだけです。もう少し時間をください。僕が必ず説得してみせますから。

鍋島教頭　しかし、朝倉先生。

そこへ、小田切先生が戻ってくる。

小田切先生　教頭先生、永吉はもう帰ったみたいです。剣道場にも部室にもいませんでした。

拓也　一緒に帰ろうって約束したのに。（真理子に）失礼します。

鍋島教頭　朝倉先生！

拓也が去る。

牧野先生　教頭先生、終業式まであと三日あります。あと三日だけ、待ってあげたらどうでしょう？

鍋島教頭　私は構いませんが、村上さんは？

健　わかりました。三日後にもう一度来ます。それでいいな、真理子。

真理子　ええ。

鍋島教頭・健・真理子が去る。反対側へ、牧野先生・小田切先生が去る。

7

ナオ・こずえが立ち上がる。

こずえ　村上君のお父さん、イジメがあったって思い込んでるみたいね。
ナオ　親がそう思うのは当たり前じゃろう。他に自殺する理由がないんじゃけえ。
こずえ　遺書には、イジメた生徒の名前が書いてあるのかな。
ナオ　イジメに気づかんかった、まぬけな担任の名前が書いてあるかもしれん。
こずえ　そんなことになったら、拓也君はどうなるの？
ナオ　まさか、学校を辞めさせられるっちゅうことはないじゃろう。
こずえ　わからないよ。学校側に落ち度があったら、絶対に裁判になると思う。だって、村上君のお父さんは弁護士なんだから。
ナオ　まあ、クビになったらなったでええ。下関に帰ってきて、漁師になればええっちゃ。
こずえ　拓也君が漁師なんかになれると思う？
ナオ　拓也は生物の先生じゃろう。漁師になれば、毎日、魚の観察ができる。
こずえ　「そして、拓也は職員玄関へと走りました。下駄箱の蓋を開けた時、背後に人の気配。ハッとして振り返ると、柱の陰に誰かが隠れた。でも、確かめてる暇なんかない。拓也は慌てて外へ飛び出しました」

ナオ・こずえが椅子に座る。
雷太がやってくる。

雷太 騎一郎！　騎一郎！

反対側から、騎一郎がやってくる。本を持っている。

騎一郎 お呼びですか、北条殿。
雷太 拓也が外へ出た。俺たちも、急いで後を追うんだ。
騎一郎 珍しいですね。こんなに早く帰るなんて。
雷太 いや、あの様子は、誰かを追いかけているという感じだったな。
騎一郎 例の花屋の息子ですか？
雷太 おそらくそうだろう。やっぱり、あの二人の間には何かあるんだ。
騎一郎 何かって何です？
雷太 それがわからないから、後を追うんだ。行くぞ。
騎一郎 三分だけ待ってください。もうすぐ、この本が読み終わるんです。

雷太　本なんか後にしろ。
騎一郎　しかし、あと三ページなんです。どうしても急ぐなら、北条殿一人で行ってください。
雷太　俺は先に帰って、夕飯の支度をしておきますから。
騎一郎　それは駄目だ。おぬしも一緒に来てくれないと困る。
雷太　なぜです。
騎一郎　実は、銭がなくなった。さっきの昼飯で、財布の中身は三十円になった。
雷太　言っときますけど、俺に頼るのはやめてくださいよ。
騎一郎　まさか、おぬしも三十円しかないのか?
雷太　もう少しありますよ。しかし、俺はアルバイトで生計を建てているんです。一人で暮らしていくのもやっとなのに、いきなり居候が転がり込んできたから、今月は大赤字。本当は、こんな所で本を読んでる場合ではないんだ。
騎一郎　大晦日までしのげば、陣八が来るだろう。
雷太　それまで、どうやって食べていくんですか。
騎一郎　何とかなる。たとえ栄養失調になっても、俺たちは死なないんだから。
雷太　しかし、腹は減りますよ。
騎一郎　武士なら、それぐらい我慢しろ。さあ、行くぞ。
雷太　わかりました。この本を返してきます。

騎一郎が去る。反対側から、牧野先生がやってくる。

牧野先生　あら、あなたは？
雷太　すいません、職員室はどっちでしょう？　私、迷子になってしまいまして。
牧野先生　職員室なら二階ですけど、あなたは？
雷太　そうか、二階か。おかげで、助かりました。では。（と歩き出す）
牧野先生　ちょっと待ってください。（と雷太の腕をつかんで）私はあなたの名前を聞いてるんです。どうして答えようとしないんですか？
雷太　それは……。

そこへ、騎一郎が戻ってくる。

騎一郎　お待たせしました、北条殿。
雷太　（牧野先生に）では。
牧野先生　あら、騎一郎君。まだ、いたの？
騎一郎　すいません。つい、本を読むのに夢中になっちゃって。
雷太　おぬし、知り合いなのか？
騎一郎　ええ。この学校で国語を教えていらっしゃる、牧野先生です。
牧野先生　あの、こちらの方は？
騎一郎　俺の連れです。名前は北条――

雷太　（牧野先生に）はじめまして、石田小吉です。いつも騎一郎がお世話になってます。

牧野先生　イヤだ、私、お世話なんかしてないですよ。さっき、本を探しに来たら、その本を騎一郎君が読んでたっていうだけで。

騎一郎　話をしているうちに、すっかり仲良くなってしまいましてね。今では友達というわけです。

牧野先生　（雷太に）あなたも、うちの学校の卒業生ですか？

雷太　卒業生？

騎一郎　（牧野先生に）そうです。久しぶりに会ったら、高校時代の話になりましてね。それで、二人で遊びに来たというわけです。

牧野先生　つまり、二人は同級生だったのね？　そんなふうには全然見えないけど。

そこへ、永吉がやってくる。

永吉　失礼します。

牧野先生　永吉君。君、家へ帰ったんじゃなかったの？

永吉　（雷太に）あれ、あなた。

雷太　久しぶりだな、少年。

牧野先生　彼のこと、ご存じなんですか？

雷太　よく知ってます。一週間前に、歯を抜いてもらったんです。

永吉　こんな所で、何をしてるんですか？
雷太　ちょうどいい所で会った。実は、おまえに話があるんだ。
永吉　まさか、仕返しをするつもりですか？
牧野先生　仕返しって何よ。
永吉　いえ、別に。
牧野先生　そんなことより、君はここへ何しに来たの？
永吉　本を借りに来たんです。
牧野先生　珍しいわね、君が本を読むなんて。
雷太　（永吉に）何て本だ？
永吉　『こころ』。
騎一郎　ほう、『こころ』か。君はなかなかいい趣味をしてるな。
雷太　おぬし、読んだことがあるのか？
騎一郎　あるに決まってますよ。『こころ』は夏目漱石先生の代表作です。先生自身も、「気に入ってる」って仰ってました。
牧野先生　詳しいのね、騎一郎君。
騎一郎　ええ。俺は本人に会ってますから。
牧野先生　本人に？　全く冗談がうまいんだから。
雷太　（騎一郎に）だったら、おぬしが持ってきてやれ。
騎一郎　お安いご用です。

騎一郎が去る。

牧野先生　永吉君。さっき職員室に、村上君のご両親がいらっしゃったのよ。
永吉　何のために？
牧野先生　わからないの？　君に会うためよ。
永吉　僕に？
牧野先生　ご両親は、例の噂を聞いたのよ。もし噂が本当なら、永吉君に会わせてほしいって言ってきたの。
永吉　でも、小田切先生は僕じゃなくて、朝倉先生を呼びに来ましたよ。
牧野先生　君に会う前に、朝倉先生に確かめたのよ。
永吉　朝倉先生は、何て答えたんですか？
牧野先生　君をかばった。僕が必ず説得しますから、もう少し時間をくださいって。
永吉　そんなことをしても、無駄なのに。
牧野先生　どうしてよ。
永吉　僕は遺書なんか持ってからですよ。
牧野先生　君がそう言い張るなら、私は何も言わない。でも、少しは朝倉先生の気持ちも考えてあげてよ。あの人、昨日から、剣道部の稽古に出てるんでしょう？
永吉　ええ。

牧野先生　それは、きっと君のためよ。朝倉先生は、君に本当のことを言ってほしいの。だから、なるべく長い時間、君のそばにいようって決めたのよ。
永吉　僕が謝るのを待ってるっていうんですか？
牧野先生　そうよ。
永吉　それが無駄だって言ってるんです。僕には謝ることなんか、何もないんだ。

そこへ、騎一郎が戻ってくる。

騎一郎　ほら、あったぞ。新潮文庫の『こころ』だ。（と本を差し出す）
永吉　（受け取って）すいません。（と本を開く）
雷太　試しに読んでみろ。
永吉　（漢字を飛ばして）「私はその人のことを常に先生と呼んでいた」
雷太　おまえ、漢字が読めんのか？　騎一郎、指導してやれ。
永吉　いいですよ、指導なんか。失礼しました。（と歩き出す）
雷太　こら、待て。おまえ一人では、一年かかっても読み終わらんぞ。
騎一郎　それでは、牧野先生、また明日。

永吉が去る。後を追って、雷太・騎一郎が去る。反対側へ、牧野先生が去る。

8

ナオ・こずえが立ち上がる。

こずえ　やっぱり、あの人、おかしいよ。絶対におかしい。
ナオ　ウチの知っちょる北条さんも、おかしな人じゃった。
こずえ　そうなの？
ナオ　欲っちゅうものが全くないんよ。酒も飲まんし、煙草も吸わん。一人者のくせに、女にも興味がなさそうじゃった。ウチみたいなキレイな娘が話しかけても、ちっともうれしそうな顔をせんかった。
こずえ　それは、本当にうれしくなかったのかもよ。
ナオ　ウチ以外の娘でも、話は同じじゃった。一体何が楽しくて生きちょるのか、誰にもわからんかった。
こずえ　その中にはあった？　北条さんの写真。
ナオ　一枚だけあった。見たいかね？
こずえ　見たい見たい。

ナオ　よし、見せちゃる。最後まで読み終わったら。
こずえ　「拓也が花屋に着いた時、永吉君はまだ帰ってきてませんでした。仕方ないから、『しばらく待たせてください』ってお母さんに頼んだの。そして、二人でコーヒーを飲んでいると」

ナオ・こずえが椅子に座る。
ユカリがやってくる。

ユカリ　ただいま。

反対側から、拓也・歌子がやってくる。

拓也　何だ、姉さんか。
ユカリ　拓也、また来てたの？
拓也　池田を待ってるんだよ。ちょっと話があって。
歌子　あのバカ、先生と一緒に帰るって約束したのに、先に出ちゃったらしいんだ。
ユカリ　それなのに、まだ帰ってないんですか？
歌子　どこかで寄り道でもしてるんじゃないかな。ビデオ屋とか。
拓也　永吉君、ビデオなんか見るんですか？

歌子　ええ。最近、借りてくるようになりましたね。
拓也　彼も年頃ですからね。そういうものにも興味が出てくるんでしょう。
歌子　先生、何か誤解してませんか？　あの子が借りてくるのは、外国の映画ですよ。
拓也　それは過激だ。永吉君には早すぎる。
歌子　だから、エッチなヤツじゃないんですってば。
ユカリ　昨日はCDを借りてきましたよね。
歌子　ああ、昨夜、部屋でかけてたね。「これ、誰の曲だい？」って聞いたら、「ルドヴィッヒ・ヴァン・ベートーベン」だって。
拓也　永吉君、ベートーベンなんか聴くんですか？
歌子　ええ。この間までは、ミポリン一筋だったのに。
拓也　あいつ、一体何を考えてるんだ。
ユカリ　高校生がいろんなものに興味を持つのは、いいことでしょう？
拓也　それはそうだけど、あまりに突然すぎるじゃないか。
歌子　私もそう思って、聞いてみたんです。「どうしてそんな難しいもの、借りてくるんだい」って。そうしたら。
拓也　そうしたら？
歌子　永吉のヤツ、こう言ってました。「確かめてるんだ」って。
拓也　確かめるって、一体何を？

そこへ、雷太・永吉・騎一郎がやってくる。

永吉 ただいま。
ユカリ あら、石田君。また来てくれたの？
雷太 ああ。しかし、今日もゆっくりしていけないんだ。では。（と歩き出す）
拓也 ちょっと待って。（と雷太の腕をつかんで）永吉、この人と何の話をしてたんだ？
永吉 本の話です。
拓也 本て、何の本だ。
騎一郎 夏目漱石先生の『こころ』ですよ。彼がこれから読むって言うから、どんな話か教えてあげてたんです。
拓也 本当か、永吉？
永吉 本当です。どうして疑うんですか？
拓也 別におまえを疑ってるわけじゃない。
騎一郎 ということは、俺を疑ってるんですか？
拓也 違う。（と雷太に）僕はあなたに聞きたいことがあるんだ。
雷太 俺に？
拓也 あなた、本当に姉さんの同級生なんですか？
雷太 おまえ、俺が嘘をついてるって言うのか？
ユカリ 拓也、石田君は嘘なんかついてないよ。

拓也　でも、姉さんには覚えがないんだろう？

ユカリ　それは、私が忘れっぽいからよ。石田君は私が美化委員だったことも知ってたし、車谷君のことも知ってた。

拓也　そんなの、調べれば、すぐにわかることじゃないか。（雷太に）あなた、この前会った時から、ずっと僕を尾行してましたね？

雷太　してない。

拓也　ごまかしてもを無駄です。僕は何度もあなたを見てるんですよ。学校へ行く時も、帰る時も。いや、それだけじゃない。僕の見間違いでなければ、学校の中でも見たことがある。

ユカリ　（雷太に）石田君、本当？

拓也　（雷太に）あなたの目的はわかってます。村上の事件を調べて、記事にしたいんでしょう？

歌子　それじゃ、この人、マスコミの人なの？

拓也　（雷太に）取材がしたいなら、正々堂々とすればいいじゃないですか。僕は何をされても構わない。しかし、姉さんや永吉を騙すのはやめてください。

騎一郎　馬鹿者！

歌子　何ですか、いきなり大きな声を出して。

騎一郎　（拓也に）おぬしという男は、なんて無礼なんだ。北条殿がマスコミの人間だと？　この二人を騙しただと？

拓也　今、北条殿って言いましたね？　この人の名前は石田じゃないんだ。ということは、嘘

騎一郎　をついたってことになりませんか？　なる。しかし、それが何だと言うんだ。北条殿は、別に二人を騙そうとしたわけではない。みんな、おまえのためだったんだ。

雷太　やめろ、騎一郎。

騎一郎　いや、言わせてください。

雷太　（騎一郎の肩をつかんで）やめろと言うのが、わからんのか。行くぞ。

ユカリ　石田君、待って。拓也、この人に謝って。

拓也　俺が？　どうして。

ユカリ　この人は私を騙してなんかいない。だって、私は前にもこの人に会ってるんだもの。

拓也　それは、村上の事件が起きた、すぐ後だよ。マスコミが家まで押しかけてきた時、その中にいたんだ。

ユカリ　違う。私がこの人に会ったのは、もっとずっと前。たぶん、子供の頃よ。

拓也　それは、姉さんの思い過ごしだよ。

ユカリ　そうじゃない。私は、確かにこの人に会ってる。だって、懐かしいんだもの。いつ、どこで会ったかも思い出せないのに、懐かしいんだもの。（と雷太に）ねえ、あなたはどう？　あなたは懐かしくない？　それは、私たちが子供の頃に会ってるからよね？

雷太　言っただろう。俺たちは小学校の時、同級生だったたって。

拓也　姉さんの同級生が、どうして僕を尾行するんです。

雷太　それは、おまえを助けたかったからだ。

拓也　僕を？
雷太　テレビで、おまえを見たんだ。どうして自殺を止められなかったんだ、担任のくせに何をやってたんだって、責められてるおまえを。
ユカリ　記者会見のニュースね？
拓也　（雷太に）それがあなたと何の関係があるんです。あなたは赤の他人じゃないですか。
雷太　他人じゃない。俺はおまえのことを、赤ん坊の頃からよく知ってるんだ。
ユカリ　私のことも？
雷太　知ってる。おまえら二人のことは、何もかも。

そこへ、陣八がやってくる。

陣八　北条殿。

陣八が倒れる。雷太・騎一郎が駆け寄る。

雷太　しっかりしろ、陣八。
騎一郎　右腕が折れてます。肋骨も何本かやられてるかもしれない。
雷太　一体何があったんだ。
歌子　車にでも轢かれたんじゃないの？

永吉　俺、救急車を呼んでくる。
騎一郎　いや、それはやめてくれ。
ユカリ　でも、すぐに病院へ運んで、手当てをしてもらわないと。
雷太　心配しなくていい。これぐらいの傷、一晩経てば治る。
ユカリ　そんな、まさか。
拓也　（雷太に）あなたの歯が生えてきたように？
雷太　そういうことだ。
拓也　あなたたち、一体何者なんですか？
歌子　とりあえず、家の中へ運ぼう。
永吉　先生も手伝って。

雷太・拓也・永吉・騎一郎が陣八を担ぐ。歌子に導かれて、去る。

こずえ　また新しいのが現れた。一体、この人たちは何なの？
ユカリ　わからないから、こうして手紙を書いたのよ。
こずえ　北条って人は同級生だって言い張ってたけど、私は嘘だと思うよ。
ユカリ　私も。でも、それには何か理由があるのよ。
こずえ　それで、怪我をして現れた人はどうなった？
ユカリ　結局、病院には行かなかった。でも、家へ帰ることもできなくて、社長の家に泊まるこ

こずえ　とになったの。
ユカリ　あの人、何か悪いことでもしたのかな。わからない。すぐに気を失っちゃったから。ただ、うわ言で「ちよ子、ちよ子」ってつぶやいてた。
こずえ　誰なのよ、ちよ子って。
ユカリ　それは、後で確かめてみる。でも、本当におかしな一週間だった。次から次へとおかしな人が現れて、私も拓也もパニック状態。頼みの綱はこずえだけなのよ。でも、私だって、北条なんて人、知らないし。
こずえ　こずえがわからなかったら、おばあちゃんに聞いてみて。返事、待ってます。十二月二十二日、朝倉ユカリ。これで、手紙はおしまい。
ナオ　怪我をして現れた人、陣八っちゅう名前じゃったね？
こずえ　そうよ。おばあちゃん、知ってるの？
ナオ　それから、北条さんと一緒に来た人、騎一郎っちゅう名前じゃったね？
こずえ　おばあちゃん、何か思い出したの？
ナオ　全部思い出した。今から五十年前。昭和二十年の十二月じゃった。
こずえ　その時、一体何があったのよ。
ナオ　ウチの前にも現れたんよ。陣八さんと騎一郎さんが。
こずえ　でも、それは今から五十年も前の話なんでしょう？

ナオ　東京へ行こう。
こずえ　え？　今、何て言った？
ナオ　今すぐ、東京へ行こう。
こずえ　今すぐって、クリスマス・パーティーはどうするのよ。
ナオ　そんとなもん、また来年やればええ。いや、東京へ行ってやればええ。
こずえ　どうしていきなりそんなこと言い出すのよ。東京なんかへ何しに行くのよ。
ナオ　北条さんに会いに行くんよ。

こずえがうなずく。リュックサックを背負い、両手に箱を持つ。ナオに手を差し出す。ナオがこずえの手を握る。二人が去る。

9

十二人

十二人がやってくる。


明治三月七月。三人は、現在の岩手県釜石市にたどりついた。

明治四月六月。三人は、現在の宮城県石巻市にたどりついた。

明治五月二月。三人は、現在の福島県いわき市にたどりついた。

こうして、三人は東北の港を次から次へと渡り歩いていった。それにはもちろん、理由がある。田舎の町は人が少ない。三人のうちの誰かが怪我をして、それがすぐに治ったりすると、たちまち噂になる。そして、その町にはいられなくなってしまうのだ。

初めのうちは仕方がないと諦めていたが、何度も続くとさすがにイヤになってくる。金は一向にたまらないし、周りに気を遣いながら暮らすのも疲れる。もっと自由に暮らしたい。そう思ったら、もっと大きな町へ行くしかない。

こうして、明治十年九月。三人は、現在の東京都、当時の東京府にたどりついた。


そこへ、陣八がやってくる。大工の恰好をしている。

十二人

遠山陣八は、東京でも大工になった。文明開化の東京は、町全体が工事中といった状態。大工の仕事は腐るほどあった。彼はその中から、鉄道を作る仕事を選んだ。品川・横浜間に鉄道が開通したのは、明治五年五月。生まれて初めて蒸気機関車を見た彼は、そのカッコよさに一目惚れしてしまったのだ。バカと子供は速いものが好きなのだ。

そこへ、騎一郎がやってくる。書生の恰好をしている

十二人

大岡騎一郎は、大学生になった。もちろん、彼には戸籍がないので、正式に入学することはできない。だから、学生のふりをして、授業に潜り込んだのだ。彼が通った東京開成学校は、この年、名前を東京大学と改めた。つまり、彼は東大の一期生となったのだ。が、学問だけでは食べていけないので、夜は人力車の車夫として、東京の町を駆け回った。

そこへ、雷太がやってくる。漁師の恰好をして、手に新聞を持っている。

十二人

北条雷太は、東京でも漁師になった。が——

雷太・陣八・騎一郎が顔を合わせる。

雷太　おい、二人ともこれを見ろ。（と新聞を差し出す）
陣八　どうしたんですか、血相を変えて。
雷太　いいから、黙って、この記事を読め。西郷隆盛が死んだんだ。
陣八　あの西郷が？（と新聞を取る）
騎一郎　（新聞を覗き込んで）一体、どんなふうに死んだんですか？
雷太　腹を撃たれて、もやはこれまでと思ったんだろう。部下に命じて、首を刎ねさせたそうだ。
陣八　さすがは西郷。最期まで男らしいヤツだ。
雷太　感心している場合か。ヤツは、俺たちを江戸から追い出した男なんだぞ。
騎一郎　それは、十年も前の話でしょう。確かに、あの時は政府の親玉でした。しかし、今は政府に対して反乱を起こした、勇士ですよ。
雷太　何が勇士だ。ヤツが政府を辞めたのは、大久保と仲違いしたからだろう。薩長のヤツらがやることは、十年前と少しも変わってない。自分と考えの違う者は、皆殺しにしないと気が済まんのだ。このままヤツらのやりたいようにやらせてみろ。日本はとんでもないことになるぞ。
陣八　まさか、また戦おうって言うのではないでしょうね？
雷太　どうせおぬしはイヤだと言うんだろう。
陣八　当たり前です。ヤツらを殺しても殺さなくても、結果は同じなんだ。百年も経てば、みんな死ぬんですよ。

雷太　俺たちは、それをただじっと待つだけなのか？

陣八　百年なんてすぐです。何しろ、俺たちは永遠に生き続けるんだから。

雷太　陣八、おぬしは考えたことがないか。俺たちはなぜ不死身になったのか。

陣八　それは、騎一郎が言った通り、竜巻の力を手に入れたからでしょう。

雷太　俺が言ってるのは、原因ではない。目的だ。俺たちが不死身になったのは、何のためだ。

陣八　天は、俺たちに何をしろと言っているんだ。

雷太　まさか、戦えとは言ってないでしょう。

天は俺たちにこう言っている。確かに、おまえたちは戦に負けた。日本は薩長のヤツらのものになった。が、それで諦めてはいけない。ヤツらに任せていたら、日本はきっとダメになる。それを食い止めるために、おまえたちに永遠の命を授けよう。

騎一郎　なるほどね。しかし、その説には一つだけ弱点がある。

雷太　弱点だと？

騎一郎　それは、なぜ俺たちなのかということです。幕府には、俺たちより強いヤツがいっぱいいた。それなのに、なぜ俺たちが選ばれたんです。

雷太　一番最後まで戦おうとしたからだ。天はそんな俺たちに、不死身の体という褒美をくれたんだ。

陣八　褒美ですか。

雷太　そうだ。

陣八　北条殿は、不死身の体が手に入って、そんなにうれしいんですか？　俺たち、不死身に

雷太　なってから、一度でも得したことがありますか？
陣八　おぬしは首の骨が折れたのに、生き返ったではないか。
しかし、周りに知られて、宮古の町にはいられなくなった。釜石でもそうです。石巻でもそうです。不死身であることがバレないように、周りに気を遣わなければならなくなった。
騎一郎　おかげで、友人を持つこともできなくなった。
陣八　女房を持つこともできなくなった。（雷太に）それがなぜだかわかりますか？　俺みたいな子供が生まれたら、かわいそうだからですよ。
雷太　なぜかわいそうなんだ。
陣八　決まっているではないですか。変だからですよ。人は死ぬのが自然なんです。いつかは死ぬと思うから、それまで精一杯生きようと考える。俺たちみたいな出来損ないは、三人だけでたくさんだ。
雷太　俺を仲間に入れるな。俺は常に精一杯生きようとしている。
陣八　ご立派ですね。しかし、俺は北条殿とは違う。永遠に生き続けるのかと思ったら、百年ぐらいはどうってことない。国が荒れようが、荒れまいが、俺の知ったことではないんです。
雷太　それが、武士の言う言葉か。国のためなら、命も投げ捨てる。武士とはそういうものではないのか。
陣八　何が、命も投げ捨てる、だ。正直に認めたらどうです。五稜郭から逃げ出したのは、死にたくなかったからだって。

雷太　俺は違う。

陣八　違うというなら、それでもいい。しかし、俺は死にたくなかった。降伏して、獄に放り込まれるのもイヤだった。天はそれに気づいてたんです。だから、竜巻に俺を飲み込ませたんだ。そんなに死にたくないなら、永遠に生きるがいい。天はそう言ってるんです。不死身の体は褒美じゃなくて、罰なんです。

雷太　俺は違う。俺は死にたくないなんて、思ってなかった。

騎一郎　もういい。二人ともやめましょう。俺たちはなぜ不死身になったのか。そんなことは、誰にもわからないんです。

雷太　しかし、騎一郎。

騎一郎　とにかく、俺たちは生きるしかないんだ。どうせ生きるなら、精一杯生きた方がいいに決まってる。だから、俺は精一杯学問をするつもりです。

陣八　俺は精一杯女を口説くかな。

騎一郎　北条殿が国のために生きると言うなら、それでもいい。しかし、人を殺すのはもうやめてください。俺たちは、もう武士ではないのだから。

雷太　俺は武士だ。

騎一郎　四民平等の世の中です。人を殺せば、罪になるんです。だから、もう戦いはやめてください。戦い以外の、別のことを精一杯やるんです。わかりましたか?

雷太　ああ。

騎一郎　本当にわかりましたか?
雷太　わかった。わかったら、一人にしてくれ。

陣八・騎一郎が去る。

十二人　しかし、彼にはわかってなかった。次の日から、彼は一人で戦いを始めた。最初の標的は、薩摩出身の大久保利通。当時の役職は内務卿だったが、実質的には政府の頂点に立っていた男。彼は半年の間、大久保の尾行を続けた。そして、ついにつかんだチャンスが、東京府紀尾井坂。

雷太が刀を抜く。

十二人　ところが、彼が斬りかかろうとすると、横から数人の男が飛び出してきた。そして、大久保を斬ってしまった。明治十一年五月、大久保利通、暗殺される。尾行の間に金を遣い果たし、借金までしていた彼は、次の日から漁師の仕事に戻った。
雷太　金がたまったら、またやろう。
十二人　そう、心に決めたのだった。次の標的は、長州出身の山田顕義。箱館戦争の際、官軍の参謀をつとめていた男。

雷太が双眼鏡を覗く。

十二人　ところが、彼がチャンスをつかむ前に、山田は体を壊して病死。明治二十五年十一月、山田顕義、死去。しかし、彼は諦めない。

雷太　金なら、またためればいい。

十二人　次の標的は、薩摩出身の黒田清隆。山田と同じく、箱館戦争で参謀をつとめていた男。

雷太が金を数えている。

十二人　ところが、彼が金をためる前に、黒田も病死。明治三十三年八月、黒田清隆、死去。それでも、彼は諦めない。

雷太　ここで諦めたら、今までの自分は何だったんだ。

十二人　次の標的は、長州出身の伊藤博文。伊藤は韓国統監として、日本と韓国の間を忙しく往復していた。彼は漁船に乗って海を渡り、ハルピンまで追いかけた。

雷太が刀を抜く。

十二人　ところが、彼が斬りかかろうとすると、またしても横から別の男が飛び出してきた。そして、伊藤を撃ってしまった。明治四十二年十月、民族運動・安重根により、伊藤博文、

雷太
十二人 暗殺される。それでも、彼は諦めない。諦めてたまるもんか。次の標的は、長州出身の山縣有朋。すでに時代は明治から大正へと移り、山縣は戊辰戦争の最後の生き残りとなっていた。こいつを逃したら、もう次はない。彼は山縣が暮らす小田原の別荘へと向かった。

雷太が拳銃を構える。

十二人 ところが、彼が別荘に着いた時、山縣はすでに老衰で死んでいた。大正十一年二月、山縣有朋、死去。こうして、彼の戦いは終わった。彼は一人も殺してないのに、相手はみんな死んでしまった。しかし、彼は死なない。死ぬことができない。

雷太が去る。

十二人 大正十一年二月、北条雷太は小田原を去った。が、東京には戻らずに、一人で旅に出た。二人とした約束を破って。彼にはもはや生きる目的がなかった。自分の命など、もうどうでもよかった。彼は死にたかった。が、どうしても死ねなかった。そして、昭和十年十二月。彼は山口県下関市にたどりついた。そこで、彼はやっと見つけた。彼が生きる目的を。

10

陣八がやってくる。周囲を見回す。出ていこうとする。そこへ、歌子がやってくる。

歌子　陣八さん、どこへ行くの？

陣八　いや、気分転換にマラソンでもしてこようかと思って。

歌子　ダメだよ、そんな無理をしちゃ。あんたはトラックにハネられたんだろう？　たったの二日で治るわけないじゃないか。

陣八　でも、見てください。（と腕を振り回して）もうどこも痛くないんですよ。

歌子　それはただの錯覚だよ。事故のショックで、痛みを感じないんだ。よかったら、もう一晩泊まっていかないかい？　今夜、パーティーをやるからさ。

陣八　パーティー？

歌子　クリスマス・パーティーだよ。今日は十二月二十四日なんだよ。

陣八　俺を招待してくださるんですか？

歌子　人数の多い方が賑やかになるからね。

陣八　でも、どうして俺なんか。赤の他人なのに。

歌子　何が他人だ。私はあんたのパンツを洗ったんだよ。私は今まで、死んだ父ちゃんと永吉のパンツしか洗ったことがない。あんたのパンツは私にとって、世界で三番目のパンツなんだよ。

陣八　何だかよくわからないけど、感動しました。

そこへ、騎一郎がやってくる。

騎一郎　陣八、迎えに来てやったぞ。

陣八　すまん、騎一郎。実は、もう一晩、泊まっていくことになってな。

歌子　（騎一郎に）私が泊まれって言ったんだよ。よかったら、あんたもどうだい？

騎一郎　結構です。（と陣八に）ところでおぬし、ちよ子という女を知ってるか？

陣八　ちよ子？

歌子　一昨日、ここへ来た時、うわ言で呼んでた人だろう？

騎一郎　その人に、今、そこで会ったんだ。いきなり俺に近づいてきて、「陣八さんを知りませんか」って。

陣八　まさか、「知ってる」なんて答えなかっただろうな？

騎一郎　答えた。ついでに、ここまで案内してきた。

陣八　なんですと？

そこへ、雷太・ちよ子がやってくる。

雷太　どうぞ、こちらです。
陣八　ちよ子！
ちよ子　陣八さん！　会いたかった！

ちよ子が陣八に抱きつく。陣八がちよ子を突き飛ばす。ちよ子が倒れる。

ちよ子　何するのよ、陣八さん！
陣八　北条殿、後はよろしくお願いします。
騎一郎　おい、陣八！

陣八が走り去る。後を追って、騎一郎が走り去る。

雷太　一体何がどうなってるんだ？
ちよ子　どうして。どうして私から逃げるのよ、陣八さん！（と泣く）
雷太　一体、こいつは何者なんだ？
歌子　（ちよ子に）まあまあ、泣かないで。よかったら、事情を話してごらんよ。悪いようにはしないから。

そこへ、ユカリがやってくる。

ユカリ　陣八さん、おなかでも壊したの？　トイレに駆け込んでいったけど。

雷太　騎一郎は？

ユカリ　ドアを叩いて、「出てこい」って叫んでる。もしかして、騎一郎さんも？

歌子　（ちよ子に）あの人は今、トイレにいるってさ。あんたを残して逃げたりはしない。だから、落ち着いて話してごらん。

雷太　ちよ子さんと言ったな？　あんた、陣八とはどういう関係なんだ。

ちよ子　私はあの人の妻です。

ユカリ　妻？

ちよ子　籍は入れてないけど、一緒に暮らしてたんです。

歌子　それが、どうして別れちゃったの？

ちよ子　別れたんじゃありません。あの人が、突然いなくなったんです。「気分転換にマラソンでもしてこようかな」って言ったまま。

雷太　陣八がいなくなったのは、いつだ。

ちよ子　今から八年前です。それから、ずっとあの人のことを探してたんです。

雷太　どうして。

ちよ子　決まってるでしょう？　私はあの人を愛してるんです！（と泣く）

ユカリ　でも、陣八さんがここにいるって、よくわかりましたね。
ちよ子　一昨日、この近くの駅で、あの人を見かけたんです。「陣八さん」て声をかけたら、あの人、いきなり逃げ出したんです。どうして私から逃げるのよ、陣八さん！（と泣く）
ユカリ　まあまあ、泣かないで。
ちよ子　私は必死で後を追いかけました。でも、そこの交差点まで来たところで、いきなりあの人がいなくなったんです。トラックが通りすぎたと思ったら、あの人は消えてたんです。
雷太　消えたんじゃない。トラックにハネられて、空を飛んでたんだ。
ちよ子　あの人、事故に遭ったんですか？
雷太　心配するな。怪我はもう治った。
ちよ子　私、思ったんです。あの人はきっとこの近くに住んでるに違いないって。だから、「陣八さんはいませんか」って、一軒ずつ聞いて回ったんです。そしたら、あなたが知ってるって。
歌子　よかったね、やっと会えて。八年も探した甲斐があったってもんだ。
雷太　しかし、物凄い執念だな。どうして諦めて再婚しなかったんだ。
ちよ子　するわけないでしょう？　私はあの人を愛してるんです！（と泣く）
ユカリ　まあまあ、泣かないで。
雷太　あんな男のどこがいいんだ。
歌子　あら、陣八さんはいい男だよ。あの笑顔を見ると、何でもしてあげたいって気持ちになる。
雷太　なるほど。あの笑顔に、何人もの女が騙されたというわけか。

ちよ子　どういうことですか？
雷太　正直に言おう。陣八という男は、ああ見えても、とんでもない女好きなんだ。俺は昔からの知り合いだが、あいつが女を騙すのを何度も見てきた。いい機会だから、ここで数えてみよう。（と指を折る）
ユカリ　（雷太の指を見て）一人、二人、三人、四人。
歌子　（雷太の指を見て）イヤだね。左手に移っちゃったよ。
雷太　ざっと数えただけで、七人。（ちよ子に）つまり、あんたは八人目の妻なんだ。
ちよ子　知らなかった、そんなこと！（と泣く）
歌子　（雷太に）あの人、あんなに若いのに、八回も結婚してるのかい？
雷太　いや、一緒に暮らしただけだ。結婚なんかしたら、子供を作らなければならないからな。
ユカリ　あの人、子供が嫌いなの？
雷太　そうではない。自分と同じような子供が生まれるのが、イヤなんだ。
ユカリ　男の子ならともかく、女の子だったらかわいそうだもんね。
雷太　そういう意味ではないんだが。
ちよ子　（立ち上がって）私、あの人と話をしてきます。
歌子　行っても無駄だよ。自分から出てくるまで、我慢して待った方がいい。
雷太　いや、待っても無駄だ。あいつのことは諦めた方がいい。
ちよ子　どうして？
雷太　あいつがあんたの前から消えたのは、あんたが嫌いになったわけではない。これ以上、

歌子　一緒にはいられないと思ったからだ。あんたは、八年ぶりにあいつに会った。だから、その理由がわかるはずだ。あいつのことが本当に好きなら、諦めて帰ってくれ。
雷太　冷たいことを言うんじゃないよ。
歌子　しかし、これはどうしようもないことなんだ。
雷太　イヤだね、男っていうのは。あんたも、そうやって何人もの女を泣かしてきたんだろう。
ユカリ　俺がそんなことをする男に見えるか？
雷太　石田君、奥さんはいないの？
ユカリ　いない。俺は妻を持ったことなど、一度もない。
雷太　どうして？
　　　それは俺の方が聞きたいな。おまえというヤツは、二十九にもなって、どうして嫁に行かないんだ。
ユカリ　それは、「この人」って思う人と出会えなかったからよ。石田君は？
雷太　俺は出会った。
ユカリ　いつ？　どこで？
雷太　遠い昔の話だ。では、俺は学校へ行ってくる。
ユカリ　また拓也を尾行しに行くの？
雷太　違う。永吉と約束をしたんだ。一緒に本を読もうと。（ちよ子に）あんたはどうする。駅まで一緒に行くか。
ちよ子　私はここにいます。あの人が出てくるまで、ここで待ちます。

そこへ、真理子がやってくる。

真理子 失礼します。

歌子 あら、村上君のお母さん。今日はどうしたんですか?

ユカリ うちは花屋ですよ。花を買いに来たに決まってるじゃないですか。(真理子に) ねえ?

真理子 違います。永吉君のことで、お話があるんです。

歌子 あの子、また何かやらかしたんですか?

真理子 お願いします。お母さんから、永吉君に言ってください。私たちに、遺書を見せるように。

歌子 遺書って、誰の遺書ですか?

ユカリ その話は中でしましょう。ゆっくりコーヒーでも飲みながら。

ユカリ・歌子・真理子が去る。

雷太 あんたも、コーヒーを飲みながら待つか。

ちよ子 (うなずく)

雷太・ちよ子が去る。

11

永吉がやってくる。後を追って、拓也がやってくる。二人とも剣道着を着て、竹刀を持ち、タオルで汗を拭いている。

拓也 永吉、おまえ、強いな。
永吉 先生が弱すぎるんですよ。
拓也 仕方ないだろう？ 剣道を始めてから、まだ四日目なんだから。
永吉 どんなに練習したって、先生は強くなれませんよ。
拓也 何だよ。俺には才能がないって言いたいのか？
永吉 才能はないです。でも、先生は、本気で強くなりたいと思ってない。そんな人間が強くなれるわけありません。
拓也 そんなことないぞ。俺は本気で強くなりたいと思ってる。
永吉 じゃ、先生は、どうして剣道を始めたんですか？
拓也 最初のきっかけは、小田切先生に勧められたからさ。でも、もともと剣道には興味があったんだ。それに、最近、体を動かしてなかったし、ダイエットにもいいかと思って。

永吉　そうですか。
拓也　何だよ。俺を疑ってるのか？

そこへ、小田切先生がやってくる。

小田切先生　永吉、今日はこの後、暇か？
永吉　ええ。家に帰って、店の手伝いをするだけです。
小田切先生　じゃ、その前に、一緒に飯を食いに行こう。今日は今年最後の稽古だからな。二人で打ち上げをやろうじゃないか。
永吉　先生、オゴってくれるんですか？
小田切先生　バカやろう。教師が生徒に金を払わせてたまるか。今からパチンコ屋に行って、軍資金を稼いでくる。なんなら、おまえも一緒に行くか？

そこへ、牧野先生がやってくる。

牧野先生　採点は終わったんですか？
小田切先生　いいえ、今からやるところです。
牧野先生　終業式は明日なんですよ。小田切先生が成績を出してくれないと、私は家へ帰れないんですよ。

小田切先生　永吉、飯はまた明日にしよう。今日行ったら、俺は殺されるかもしれない。
牧野先生　そう思うなら、さっさと職員室へ行って。

小田切先生が去る。

拓也　（永吉に）じゃ、俺たちも帰るか。
永吉　いや、僕はもう少し、ここにいます。
拓也　何だよ。俺と一緒に帰るのがイヤなのか？
永吉　そうじゃなくて、石田さんと騎一郎さんが来るんです。
牧野先生　あの二人、何しに来るの？
永吉　本の読み方を教えてくれるんです。
拓也　牧野先生は、あいつらと知り合いなんですか？
牧野先生　一昨日、図書室で会ったんです。あの二人、うちの学校の卒業生なんでしょう？
拓也　違いますよ。あいつらは、マスコミの人間です。
牧野先生　マスコミ？
拓也　村上の事件を調べてるんです。例の噂をどこかで聞いてきたんだ。
永吉　僕は違うと思います。
拓也　どうしておまえにわかるんだ。
永吉　だって、あの人、僕には何も聞きませんから。先生みたいに、話せって顔もしませんから。

拓也　俺がいつそんな顔をした。

永吉　いつもですよ。稽古をしてる時も、こうやっておしゃべりをしてる時も。

拓也　永吉、俺は本当のことが知りたいんだ。でも、おまえが話したくないって言うなら、無理に聞くのはやめようと思った。だから、こうして待ってるんじゃないか。

永吉　いくら待っても無駄です。何度言ったら、わかるんですか。

そこへ、雷太・真理子がやってくる。

雷太　永吉、遅くなって悪かったな。

牧野先生　（真理子に）どうしたんですか、こんな所へ。

雷太　永吉の家にいらっしゃったんですよ。俺もたまたまそこにいたんで、こうしてお連れしたというわけです。

牧野先生　（真理子に）終業式まで待つって約束じゃありませんでしたっけ？

真理子　すいません。どうしても、永吉君と話がしたかったんです。

雷太　どうする、永吉。この人と話をするか。

拓也　あなたは横から口を出さないでください。

雷太　おまえこそ、口を出すな。これは、この人と永吉の問題だ。

真理子　永吉君、本当のことを言って。遺書には、私の名前が書いてあったんでしょう？

牧野先生　お母さんの名前が？　どうして？
真理子　あの子が自殺したのは、私のせいなんです。きっと私のせいなんです。
牧野先生　村上君と何かあったんですか。
真理子　いいえ、何も。あの子の病気が治ってから、私はあの子の好きなようにさせてきました。あの子のすることに、一切口を出すのをやめたんです。やがて、あの子は自分の部屋から出てこなくなりました。同じ家の中にいるのに、たった一人で生きるようになったんです。
牧野先生　でも、食事は一緒にしてたんでしょう？　その時に、何か話をしたりしなかったんですか？
真理子　話そうとはしました。でも、何を話したらいいのかわからなかった。私には、あの子が何を考えてるのか、わからなかった。私はあの子が怖かったんです。だから、あの子の苦しみに気づいてやれなかった。あの子は一人ぼっちだったんです。家の中でも一人ぼっちだったんです。
雷太　どうなんだ、永吉。遺書には、お母さんの名前が書いてあったのか。
永吉　俺は遺書なんか持ってない。
雷太　本当か。
永吉　本当だ。
雷太　おまえが本当のことを言わなかったら、お母さんを苦しめることになるんだぞ。それでもいいのか？（と永吉の肩をつかむ）

永吉　（雷太の手を竹刀で振り払って）どうして疑うんだ。俺の言うことを、どうして信じてくれないんだ。あんただけは違うと思ってたのに。

雷太　（拓也に）竹刀を貸してくれ。（と拓也の手から竹刀を取る）

拓也　何をするんです。

雷太　（永吉に）おまえが本当のことを言ってるかどうか。それは、おまえの剣を見ればわかる。

拓也　（と竹刀を構える）

やめてください、乱暴なことをするのは。

雷太　（永吉に）どうした。俺が怖いのか。

永吉が雷太に撃ちかかる。雷太が避ける。永吉がさらに撃ちかかる。雷太が永吉を突き飛ばす。永吉が倒れる。雷太が竹刀を永吉の顔に突きつける。

雷太　嘘をつくなら、命懸けでつけ。それができないなら、さっさと謝って、遺書を出すんだ。

そこへ、鍋島教頭・小田切先生・健がやってくる。

小田切先生　貴様、何をやってるんだ！

雷太　剣道の稽古だ。しかし、もう終わった。

鍋島教頭　朝倉先生、この人は一体誰です。

健　真理子、やっぱりここにいたのか。
真理子　ごめんなさい。どうしても、永吉君と話がしたくて。
牧野先生　（永吉に歩み寄って）大丈夫、永吉君？

永吉が立ち上がり、走り去る。

拓也　永吉！
雷太　放っておけ。しばらく一人にして、考えさせてやるんだ。
拓也　あなたに何がわかるんです。どうして僕の邪魔ばかりするんです。

拓也が走り去る。

雷太　拓也！
鍋島教頭　牧野先生、説明してください。この人は一体誰なんですか。
健　（真理子に）永吉君と話をしたのか？
真理子　ええ。でも、最後まで持ってないって。
牧野先生　村上君は、夏目漱石の『こころ』を持ってますか？
鍋島教頭　何ですか、いきなりそんなことを聞いて。
牧野先生　大切なことなんです。（真理子に）漱石の『こころ』です。彼の本棚に、ありませんでし

真理子　たか？
健　わかりません。
真理子　（牧野先生に）あの子の部屋は本でいっぱいなんです。入院するまではあまり本を読まない子だったんですが、退院してからは毎日新しい本を買ってくるようになって。初めのうちは「何を読んでるんだ」って聞いたりもしたんですが、最近は……。
牧野先生　（牧野先生に）そうなんです。私はあの子が何を読んでいたかも知らないんです。
鍋島教頭　村上君は『こころ』を読んだんです。そのことを、遺書に書いたんです。
牧野先生　『こころ』って、どんな話でしたっけ？
鍋島教頭　先生って人が、親友を裏切って、自殺させてしまう話です。
雷太　それじゃ、村上君が自殺したのは、永吉君に裏切れたからなんですか？
鍋島教頭　それは違う。永吉は人を裏切ったりするヤツじゃない。
小田切先生　あなたは一体誰なんです。
　そんなことより、急いで永吉を探しましょう。あいつ、大分興奮してましたから。

雷太・牧野先生・鍋島教頭・小田切先生・真理子・健が去る。

12

騎一郎・陣八がやってくる。周囲を見回す。出ていこうとする。そこへ、歌子がやってくる。

歌子 あんたたち、どこへ行くんだい？

騎一郎 大きな声を出さないで！

陣八 （歌子に）一生のお願いです。見逃してください。

騎一郎 （歌子に）陣八は、ちよ子さんのためを思って出ていくんです。後で必ず恩返しをしますから。

歌子 よし、わかった。（と奥へ向かって）ちよ子さん！　陣八さんが出ていっちまうよ！　早く来ないと、二度と会えなくなるよ！

そこへ、ユカリ・ちよ子がやってくる。

ちよ子 陣八さん！

陣八 （背中を向けて）ちよ子、頼む。黙って、俺を行かせてくれ。

ちよ子　イヤだ。私も連れてって。
陣八　それはできない。俺はおまえが嫌いになったわけではないんだ。おまえは俺と一緒にいると、不幸せになるんだ。
ちよ子　どうしてそんなことがわかるのよ。
陣八　（振り返って）俺の顔を見ろ。何か変だと思わないか？
ちよ子　変じゃない。あんたは、八年前のあんたのままよ。
陣八　それが変なんだよ。八年も経ってるのに、全然変わらないなんて、不自然じゃないか。
ちよ子　どうして？　私だって、全然変わってないでしょう？
陣八　おまえはすっかりババアになった。
ちよ子　ひどい。
歌子　（陣八に）あんたって男は、女に向かって、なんてこと言うんだい。
騎一郎　しかし、これは事実ですから。
歌子　人が年を取るのは仕方ないことだろう？　それともあんたは、年を取らないとでも言いたいのかい？
ちよ子　そうなの、陣八さん？
歌子　そうなのって？
ちよ子　やっぱり、北条さんの言った通りなの？　あんたは年を取らないの？

そこへ、ナオ・こずえがやってくる。

こずえ　ユカリ。

ユカリ　こずえ。おばあちゃんまで。どうしたの、いきなりこんな所へ。

歌子　ユカリちゃん、この人は？

ユカリ　酒井こずえ。下関に住んでる、私の友達です。こっちは私の祖母です。

ナオ　（歌子に）ユカリがいつもお世話になってます。

こずえ　（ユカリに）いきなり来ちゃってゴメンね。あんたの手紙をおばあちゃんに見せたら、「東京へ行く」って言い出したのよ。下関から飛行機に乗って、さっき羽田に着いたの。

ユカリ　信じられない。おばあちゃんが飛行機に乗るなんて。

ナオ　北条さんに会いに来たんよ。

ユカリ　おばあちゃん、北条さんを知ってるの？

ナオ　知っちょる。その人の名前が北条雷太なら、間違いなく知っちょる。

こずえ　（ユカリに）それで、北条さんは今、どこにいるの？

ユカリ　さっきまでここにいたんだけど、拓也の学校へ行っちゃった。もうすぐ帰ってくると思うけど。

ナオ　学校へ行こう。

ユカリ　でも、もう日が暮れてきたし、ここで待った方がいいんじゃない？

ナオ　ウチはちっとも疲れちょらん。早く行こう。（と陣八と騎一郎を見て）あれ、あんたたちは。

ユカリ　北条さんのお友達。おばあちゃん、知ってるの？
ナオ　陣八さんと騎一郎さんですか？
騎一郎　そうですけど、あなたは？
ナオ　ウチのこと、覚えちょりませんか。五十年前に、下関で会うたでしょう。
歌子　五十年前？
ナオ　あの時と、全然変わっちょらんね。やっぱり、ウチの思った通りじゃった。
ちよ子　（陣八に）やっぱりそうなの？
陣八　そうだ。俺たちは——
騎一郎　やめろ、陣八！
ナオ　ウチは初めから知っちょった。初めて、北条さんに会うた日から。

そこへ、雷太がやってくる。

ナオ　昭和十年十二月、ウチは荷物をまとめて、ウチの旦那になった人の家へ転り込んだ。そこで会うたのが、北条さんじゃった。旦那の友達で、同じ船に乗っちょる漁師じゃった。妙に古臭い言葉を使う人で、まるで江戸時代のお武家さんみたいじゃった。ウチより十歳年上じゃったけど、実際はもっと年を取っちょるように見えた。
雷太　あんたが徳造の嫁さんか。
ナオ　朝倉ナオです。はじめまして。

雷太　ナオさんか。徳造にはもったいないぐらいのべっぴんさんだな。

ナオ　またまた。北条さんは、奥さんはおらんのん？

雷太　いない。俺は妻を持ったことなど、一度もない。

ナオ　なんで？

雷太　それは、「この人」って思う人と出会えなかったからだ。あんたは。

ナオ　出会うた。ほいじゃけえ、一緒になったんよ。

雷太　そうか。だったら、その人を大切にするんだな。

ナオ　言われんでもするっちゃ。北条さんも、ウチの人をよろしくお願いします。

雷太　任せておけ。俺はこの道、七十年だ。

ナオ　七十年？

雷太　とにかく、俺と一緒にいれば、死ぬことはない。だから、安心して待ってろ。

ナオ　それから、北条さんとは、何度も顔を合わせるようになった。ウチの旦那は酒が好きじゃったが、北条さんは一滴も飲まん。ほいじゃけど、二人は妙に気が合うようで、漁のない時は浜辺で剣道をやっちょった。ほうよ。ウチの旦那に剣道を教えたのは、北条さんじゃったんよ。

四人　昭和十五年八月。二人は漁に出かけた。

ナオ　その日は、前の晩から風が強かった。嵐が来そうな雲行きじゃったが、二人の船は漁に出ることになった。ウチは心配じゃったが、北条さんは笑ってこう言った。

雷太　徳造のことは任せておけ。俺と一緒にいれば、死ぬことはない。

四人　そして、船は嵐に巻き込まれた。玄界灘の真ん中で、船は方角を見失った。叩きつける雨と風。二人の体はずぶ濡れになった。襲いかかる黒い波。二人は立っていることもできなくなった。そして、恐竜のような大波がのしかかってきた。船が傾き、二人は海へと放り出された。

雷太　気づいた時には、海の中だった。俺は必死に泳いで、海面に出た。右も左も上も下も真っ黒。しかし、遠くに白い点が見えた。徳造のジャンパーだ。徳造！　俺は必死で泳いだ。白い点は見えたり見えなくなったり。なかなか近づかない。しかし、俺には約束がある。

四人　徳造のことは任せておけ。

雷太　何分泳いだか、わからない。俺の右手は徳造のジャンパーをつかんだ。徳造！　頬を叩くと、目を開けた。泳げ、徳造！　どっちが陸かわからんが、とにかく泳ぐんだ！

四人　二人は必死で泳いだ。嵐の中を泳いだ。何時間も何時間も泳いだ。そして、ついに徳造が力尽きた。

雷太　徳造！　俺は徳造の腕をつかんだ。腕は冷えきって、まるで氷のようだった。徳造！　しっかりしろ！

ナオ　ダメじゃ。もう泳げん。

雷太　何を言ってるんだ。泳がないと、死んじまうぞ。

ナオ　左足が動かんのじゃ。船から放り出された時、折れたらしい。

雷太　足の一本や二本なんだ。男だったら、気合を出せ。剣道の稽古を思い出すんだ。

ナオ　ワシは一度も雷太に勝てんかった。
雷太　そうだ。おまえは一度も勝てなかった。悔しいだろう。だったら、下関に帰って、もう一度勝負をするんだ。
四人　雷太は徳造を背負って泳ぎ始めた。波は二人を容赦なく海へと引きずり込んだ。二人は時に、離れ離れになった。が、雷太は海中で徳造をつかみ、また海面へと上がるのだった。が、雷太の力もいつかは尽きる。徳造を背負ったまま、波に揺れるだけになった。
ナオ　はあ、もうええ。ワシはここに置いていってくれ。
雷太　バカ。そんなことができるか。
ナオ　雷太一人じゃったら、助かるかもしれん。ワシと一緒に死ぬことはない。
雷太　しかし、俺には約束がある。
四人　徳造のことは任せておけ。
ナオ　二人とも死んだら、ナオはどうなる。せめておまえだけでも、生きて帰ってくれ。
雷太　ダメだ。俺たちは二人で帰るんだ。
ナオ　ナオを頼む。
雷太　俺は断る。ナオさんはおまえの女房だ。おまえが死ぬまで面倒を見るんだ。
ナオ　約束だ。ナオを頼む。
四人　雷太は泳いだ。必死で泳いだ。徳造を背負って、ナオを目指して泳いだ。が、次第に彼の意識は遠のき、いつしか波に漂うだけとなった。
雷太　目を開けると、俺は海の上に浮かんでいた。空は真っ青に晴れていた。嵐はとうの昔に過ぎ去ったのだ。俺は一人だった。徳造の姿はどこにもなかった。水平線まで見渡しても、ヤツの白いジャンパーはなかった。俺は泣いた。俺はヤツを死なせてしまった。俺も一緒に死にたかった。しかし、また死ねなかった。

四人　雷太が下関に帰ったのは、漁に出てから一週間後のことだった。ナオは泣いた。雷太は、「約束を破ってすまなかった」と謝った。が、ナオは許さなかった。けっして口をきこうとしなかった。

雷太　しかし、俺には約束がある。

四人　ナオを頼む。

ナオ　北条さんは次の日から毎日、家へ来るようになった。その日に稼いだお金を、黙って玄関に置いていく。ウチはありがとうも言わんと受け取った。ウチには三つになる息子がおった。息子を食べさせていくには、どうしてもお金がいる。ウチも働き始めたが、女一人の稼ぎはたかが知れちょる。北条さんのお金だけが頼りじゃった。

四人　ある日、ナオは雷太を呼び止めた。

ナオ　こんなに置いていって、あんたは暮らしていけるんかね。

雷太　なんとかなる。俺は一人者だからな。

ナオ　ごはんはちゃんと食べちょるん。

雷太　心配するな。俺は食わなくても死なないんだ。

ナオ　そんとなわけにもいかんじゃろう。よかったら、一緒に食べていかん。

雷太　いいのか。

ナオ　ええっちゃ。どうせあんたがくれたお金で作ったものじゃけえ。
四人　次の日から、雷太は毎晩、ナオの家で食事をするようになった。
ナオ　北条さんは何を作っても、うまいと言ってくれた。それがお世辞じゃったとしても、ウチはうれしかった。ウチの旦那が死んで、ウチは一人ぼっちになったような気がしちょった。息子がバカにされんように生きていこうと必死じゃった。ほいじゃけど、ウチは一人じゃなかった。それがようやくわかったんよ。
四人　昭和十六年十二月。太平洋戦争が始まった。周りの漁師に次々と召集令状が来る中で、なぜか雷太にだけは来なかった。雷太はずっとナオのそばにいた。毎晩、一緒に食事をして、「おやすみ」と言って、自分の家へ帰るのだった。
ナオ　ウチは次第に旦那のことを忘れていった。忘れちゃいけんて思うんじゃけど、気づいた時には北条さんの顔をボーっと見ちょる。北条さんが「おやすみ」っちゅうて帰ると、淋しゅうなる。時々、「帰らんとって」っちゅう言葉が、喉元までこみ上げてくる。それを我慢するのが、だんだん苦しゅうなってきた。
四人　昭和二十年八月。太平洋戦争が終わった。
ナオ　ウチはとうとう決心した。ウチの旦那が死んで五年になる。他の男に心を移しても、きっと許してくれるじゃろう。それに、相手は北条さんなんじゃし。じゃけえ、十二月のある晩――
雷太　おやすみ。
ナオ　待って、北条さん。

雷太　何だ。
ナオ　ウチ、北条さんに話があるんよ。
雷太　実は、俺も話があるんだ。
ナオ　話って？
雷太　本当は黙ってようと思ってたんだが、俺は下関を出ることになった。
ナオ　なんで。
雷太　俺の仲間が迎えに来たんだ。昔からの知り合いでな。俺のことを探して、日本全国の港を歩き回ってたんだ。そいつらが今朝、家へ来て、一緒に東京へ行こうって言うんだ。
ナオ　あんた、行くつもりなんかいね。
雷太　ああ。戦争も終わったし、あんたの息子も八つになった。もう俺がいなくても大丈夫だろう。
ナオ　本当にそう思うんかね。あんたがおらんでも大丈夫じゃって。
雷太　俺は一つの場所でジッとしてるわけにはいかないんだ。それなのに、あんたや徳造と知り合ったおかげで、十年もここにいてしまった。
ナオ　あんたと初めて会うたのは、十年前じゃったね。ほいじゃけど、あんたはあの頃のままじゃね。
雷太　（顔をそむけて）何かあったら、必ず助けに来る。約束するから。
ナオ　どうしても行くんかね。
雷太　あんたは俺がいなくても生きていける。そのうちまた、「この人」って思う人と出会える

ナオ　だろう。あんたも出会えるとええね、「この人」って思う人に。
雷太　俺はもう出会った。それだけで、俺はこの先、一人でも生きていける。

そこへ、陣八・騎一郎がやってくる。

騎一郎　北条殿。
雷太　(ナオに)陣八と騎一郎だ。
陣八　出発は、明日の朝でもいいんじゃないですか?
雷太　いや、今夜発とう。明日になると、別れるのが辛くなる。(ナオに)達者でな。
ナオ　北条さん。
雷太　約束だ。何かあったら、必ず助けに来る。
ナオ　北条さん。

雷太が去る。

ユカリ　会いに行こう。北条さんに会いに行こう。
ナオ　(うなずく)
こずえ　(ユカリに)学校まで案内してくれる?

ユカリ　任せてよ。行くよ、おばあちゃん。

ユカリ・ナオ・こずえが去る。反対側へ、歌子・騎一郎・陣八・ちよ子が去る。

13

永吉がやってくる。手には竹刀を持っている。剣道着の懐から封筒を出す。そこへ、拓也がやってくる。

拓也　永吉。

永吉　（封筒を懐に入れる）

拓也　屋上なんかに、何の用だ？　さあ、早く着替えて、家へ帰ろう。（と永吉の肩をつかむ）

永吉　（拓也の手を振り払う）

拓也　お母さん、今頃、怒ってるかもしれないぞ。永吉のヤツ、この忙しいのに、何やってるんだって。

永吉　俺はもう少し、ここにいます。

拓也　北条って人が言ったことは気にするな。遺書を見せるかどうかはおまえの問題だ。村上のお母さんには、「もうしばらく待ってください」って言っておくから。

永吉　俺は遺書なんか持ってない。

拓也　わかってる。おまえが持ってないって言うなら、それでいいんだ。だから、一緒に家へ帰ろう。

そこへ、小田切先生・鍋島教頭がやってくる。

小田切先生 教頭先生、ここにいました！

鍋島教頭 すいませんが、村上さんを呼んできてもらえませんか。

小田切先生 こんな所へですか？

鍋島教頭 一分一秒を争うんです。早く。

小田切先生が走り去る。

鍋島教頭 永吉君。今、ここに村上君のお父さんが来る。実を言うと、お父さんは一昨日もうちの学校へ来たんだ。君が村上君の遺書を持ってるって噂を聞いて。どうなんだ、永吉君。君は遺書を持ってるんだろう？　永吉君！

拓也 教頭先生、その話はまた後にしましょう。

鍋島教頭 朝倉先生は黙っててください。私は永吉君と話をしてるんです。

拓也 しかし、永吉は遺書なんか持ってないって言ってるんです。

鍋島教頭 それが嘘だということは、もう誰の目にも明らかじゃないですか。それなのに、あなたはまだ永吉君の肩を持つつもりですか？

拓也　僕は永吉の気持ちを尊重したいだけです。

鍋島教頭　尊重して、どうなりました。永吉君は遺書を見せましたか？　見せるどころか、持っているることさえ認めないじゃありませんか。必ず説得してみせますなんて大見得を切って、あなたには何もできなかった。あなたは村上さんを騙したんです。

拓也　約束は明日までです。まだ一晩あります。

鍋島教頭　あなたには、村上さんの気持ちが全くわかってない。村上さんはもう一日だって待てないんです。だから、学校まで来たんでしょう。今、この場で遺書を見せなければ、非常手段に出るかもしれません。

拓也　非常手段て？

鍋島教頭　わからないんですか？　マスコミに訴えるんですよ。私たちが遺書を隠してるって。

拓也　そんなの、デタラメだ。

鍋島教頭　デタラメでも、マスコミは信じるでしょう。（永吉に）そうなったら、君はどうなると思う。記者たちにつるし上げられて、遺書を出せって責められるんだ。君だけじゃないぞ。君のお母さんだって責められるんだ。それでもいいのかね？

拓也　永吉を脅すのはやめてください。

鍋島教頭　（永吉に）それがイヤなら、遺書を出すんだ。今、ここで。

そこへ、小田切先生・健・真理子がやってくる。

小田切先生　教頭先生、お連れしました。

鍋島教頭　村上さん、こんな所へお呼びして申し訳ありません。実は今、永吉君と話をしていたんですが、どうしても遺書を出そうとしないんです。それで、ぜひ村上さんのお力をお借りしたいと思いまして。

健　わかりました。永吉君、私の話を聞いてくれないか。

拓也　村上さん、それはまた明日にしてください。永吉は今、話を聞けるような状態じゃないんです。

健　わかっています。でも、どうしても一つだけ言いたいことがあるんです。永吉君、君が持っている遺書は君のものだ。それを、私たちは無理やり取り上げようとは思わない。君が見せてもいいという気持ちになるまで、私たちは待つつもりだ。

拓也　本当ですか?

健　本当です。（永吉に）しかし、これだけはわかっていてほしい。勇は私たちにとって、たった一人の息子だった。先生たちにとっては、四十人いる生徒の中の一人だろう。君にとっても、たくさんいる友達の中の一人だろう。時間が経てば、いつかは忘れてしまうだろう。しかし、私たちは忘れない。私たちは、死ぬまで勇のことを考えながら、生きていくんだ。君が遺書を見せてくれなかったら、私たちは死ぬまで、苦しまなければならないんだ。

真理子　（永吉に）何が書いてあっても構わないの。私は本当のことが知りたいのよ。

健　（永吉に）どうか、私たちの気持ちをわかってくれ。お願いだ。

鍋島教頭　どうする、永吉君。君はこれでも遺書を持ってないって言い張るのかね。
永吉　俺は……。

そこへ、雷太・牧野先生がやってくる。

牧野先生　これ以上、永吉君を責めるのはやめてください。
鍋島教頭　私は別に責めているわけじゃありません。遺書を出してくれと頼んでるんです。
牧野先生　だったら、永吉君が答えを出すまで待ちましょう。今夜はこれで終わりにするんです。
鍋島教頭　しかし……。
牧野先生　わかってるんですか、教頭先生。そこは、村上君が飛び下りた場所なんですよ。
鍋島教頭　そんなこと、言われなくてもわかってます。
牧野先生　じゃ、『こころ』のラストシーンは知ってますか。親友を自殺させた先生は、罪の意識に苛まれて、最後に自分も自殺するんですよ。
鍋島教頭　そんな。まさか永吉君まで。
拓也　永吉。（と永吉の肩をつかむ）
永吉　（拓也の手を振り払って、立ち上がる）
拓也　永吉！
雷太　（永吉に）もういい。おまえは十分頑張った。だから、遺書を出すんだ。
永吉　（竹刀を構えて）来るな。

雷太　確かに、おまえは村上が死ぬのを止められなかった。そのことで、おまえが苦しむのはよくわかる。俺にはよくわかる。

永吉　来るな！

雷太　しかし、苦しんでるのは、おまえだけじゃないんだ。ここにいる拓也だって、他の先生だって、お父さんやお母さんだって同じなんだ。おまえ一人で、村上の死を背負うことはない。そうだろう、拓也。

拓也　（永吉に）そうだ。ここにいる人間は、みんな同じことを考えてるんだ。遺書には、自分の名前が書いてあるんじゃないかって。最初は、俺も怖かった。自分の知らないうちに、村上を傷つけていたんじゃないか。そう考えたら、おまえの言うことが本当であってほしいとも思った。でも、今は覚悟ができてる。遺書に俺の名前が書いてあっても、俺はそれを受け止めてみせる。

永吉　わかってないよ。

拓也　え？

永吉　先生は何もわかってないよ。（雷太に）あんただって、何もわかってないよ。

拓也　何がわかってないって言うんだ。

永吉　何もかもだよ。（と懐から封筒を出して）これは遺書じゃない。手紙なんだ。村上は自殺する前に、俺に手紙をくれただけなんだ。

拓也　でも、自殺する前に書いたものなら、それは遺書だろう。

永吉　こんな遺書があるもんか。（と拓也に封筒を差し出す）

拓也　見てもいいのか。
永吉　（封筒をさらに差し出す）
拓也　（封筒を受け取って、中から便箋を出す）
雷太　読んでみろ。
拓也　（永吉に）いいのか？
真理子　お願いします。読んでください。
拓也　（便箋を開いて）「永吉君、毎朝、『おはよう』って言ってくれてありがとう。僕は一度も『おはよう』って言い返さなかった。それなのに、毎朝、『おはよう』って言ってくれてありがとう。三年間通った校舎よ、ありがとう。三年間乗った自転車よ、ありがとう。雨の日も風の日も、僕を迎えてくれた校門よ、ありがとう。校門の脇の椿の木よ、ありがとう。通学路の並木道よ、ありがとう」
健　それは一体何です。それが勇の書いたものなんですか？
永吉　言っただろう。遺書なんかじゃないって。
拓也　「僕の部屋のベランダよ、ありがとう。ベランダから見た景色よ、ありがとう。朝の光よ、ありがとう。目覚まし時計よ、ありがとう。地球儀よ、ありがとう。夏目漱石の『こころ』よ、ありがとう。ベートーベンの『田園』よ、ありがとう。フェリーニの『道』よ、ありがとう」
健　（便箋を取って）なぜだ。勇はなぜこんなことを。
牧野先生　わかりませんか？　村上君は一人ぼっちだったんです。村上君の周りには朝、「おはよ

健　う」って言ってくれる池田君だけ。後は、物しかなかったんです。
牧野先生　私は同じ家の中にいたのに。
健　でも、お父さんの名前は書いてないんでしょう？
牧野先生　（便箋をめくって）ええ。
健　村上君の目には、お父さんが映ってなかった。お父さんは村上君の周りにいなかったんです。
真理子　しかし、私は毎日、勇と顔を合わせていた。
拓也　顔を合わせていただけだったのよ。あの子の心の中には、一歩も入ってなかったのよ。
永吉　私も。
雷太　（永吉に）おまえが遺書を持ってないって言い張ったのは、お母さんの名前が書いてあったからじゃない。書いてなかったからなのか。
永吉　そうじゃない。
牧野先生　おまえは「おはよう」と言っただけで、村上のそばを通りすぎた。それを悔やんでるんだろう。
永吉　そうじゃない。
牧野先生　あなたは、村上君の「ありがとう」を受け止めようとしてたのね？　だから、手紙に書いてあった物を、一つずつ確かめようと思ったんでしょう？
永吉　そうじゃない。
牧野先生　だったら、最後まで確かめてみなさいよ。村上君は、きっとそうしてほしくて、手紙を

健　書いたのよ。あなたにだけは、自分のことをわかってほしいと思ったのよ。
真理子　そうしてくれ、永吉君。（と便箋を差し出す）
健　あなた……。
永吉　（永吉に）ここに書いてあるもの一つ一つを、君の目で見てくれ。君の耳で聞いてくれ。そしてもしよかったら、私たちに教えてくれ。君が何を感じたかを。私たちは勇に何も聞かなかった。だから、君に聞きたいんだ。
拓也　（うなずいて、便箋を受け取る）
さあ、一緒に帰ろう。

拓也が竹刀とスポーツバッグを持ち上げる。永吉を促して、歩き出す。

雷太　拓也。いろいろ邪魔して、すまなかったな。
拓也　（立ち止まって）あなたのことは一生忘れません。でも、それほど、邪魔ってわけでもありませんでしたよ。
雷太　ありがとう。
拓也　え？
雷太　いや、何でもない。じゃあな。

拓也・牧野先生・鍋島教頭・小田切先生・永吉・健・真理子が去る。

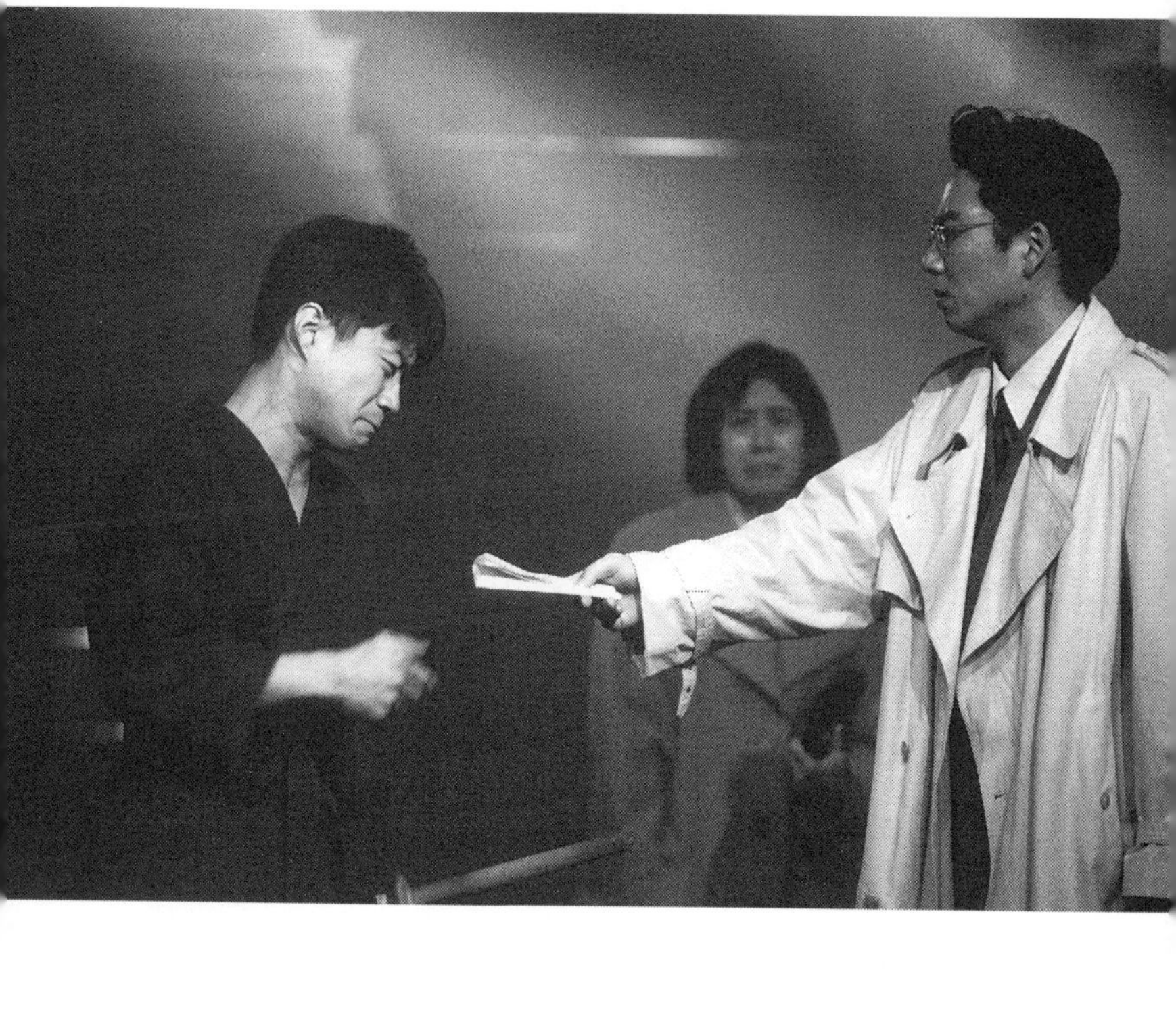

14

ユカリ・ナオ・こずえがやってくる。

ユカリ　北条さん。

雷太が振り返る。が、すぐに背を向ける。

雷太　何だ。ユカリか。
ユカリ　私は今、北条さんて呼んだのよ。それなのに、振り向いたよね？
雷太　そう。
ユカリ　ここには俺しかいないからな。声がしたら、俺のことかと思うだろう。
雷太　そんなことより、何の用だ。拓也なら、剣道場へ着替えに行ったぞ。
ユカリ　私はあなたに用があるの。あなたに会いたいっていう人を連れてきたのよ。誰だかわかる？
雷太　さあ、誰だろうな。

ユカリ　下関に住んでる、私のおばあちゃんよ。名前は朝倉ナオ。北条さん、知ってるでしょう？
雷太　さあ、どうだったかな。
ユカリ　とぼけてないで、こっちを向いてよ。早く。

雷太が振り返って、ナオと目を合わせる。

雷太　あんたがユカリのばあちゃんか。なかなかのべっぴんさんだな。
ナオ　久しぶりじゃね、北条さん。
雷太　俺の名前は北条ではない。石田だ。
ユカリ　もういいのよ、嘘をつかなくても。
雷太　嘘ではない。俺は嘘と竜巻が大嫌いなんだ。だから、今まで一度も嘘をついたことがない。しかし、もしこれから嘘をつくとしたら、きっと命懸けでつくだろう。
こずえ　それじゃ、まるで嘘をついてるって言ってるようなもんじゃない。
雷太　黙れ、カニゲルゲ。
こずえ　カニゲルゲ？　それって、小学校の時の私のあだ名だ。どうして知ってるの？
雷太　おまえはユカリの同級生だろう？　ということは、俺の同級生でもあるってわけだ。
こずえ　でも、卒業アルバムには載ってなかった。
雷太　俺は五年で転校したんだ。だから、二人とも覚えてないんだろう。
ナオ　変わらんね、あんた。

雷太　あんたは、前にも俺に会ってるのか？
ナオ　ウチのこと、覚えちょらんの？
雷太　俺が下関にいたのは、ずいぶん昔の話だからな。
ナオ　ほうよ、五十年も前の話よ。ほいじゃけど、ウチはあんたを忘れたことは一度もない。
雷太　光栄だな。俺みたいな男を覚えていてくれたなんて。
ナオ　せっかく下関から来たのに、そんなことしか言うてくれんのかね。五十年ぶりに会うたのに。

雷太　え？
ナオ　五十年ぶりじゃない。俺は毎年、下関に行ってたんだ。
雷太　いや、つまり、転校した後も、下関が懐かしくてな。だから、毎年、春になると、下関に遊びに行ってたんだ。

ナオ　ウチの家にも来たんかね。
雷太　ああ。玄関から、中を覗くだけだったがな。
ナオ　なんで声をかけてくれんかったんかね。
雷太　顔を見せたくなかったんだ。俺の顔は、ちょっと変だから。
ナオ　変じゃない。年を取らんだけじゃろう。
雷太　俺はちゃんと年を取る。しかし、もしこの世に年を取らない男がいたら、そいつはきっと不気味だろうな。女房をもらっても、自分だけは若い頃のままなんだ。女房からしたら、きっとイヤだろう。

ナオ　ウチは初めから知っちょった。それでもええと思うたんよ。あんたがそばにおってくれるだけで。

雷太　しかし、男の方だって辛いぞ。愛する女がどんどんババアになっていくのに、自分は変わらないんだ。そばにいるということは、一緒に年を取るということだ。一緒に喜びと悲しみを味わうということだ。男にはそれができない。だから、出ていくしかないんだ。

そこへ、陣八・騎一郎がやってくる。

陣八　北条殿。

ユカリ　陣八さん、ちよ子さんはどうしたの？

陣八　あいつはわかってくれました。一緒に暮らすことができないなら、せめてたまに会いに来てくれって。だから、一年に一度、会いに行くって約束したんです。

騎一郎　こいつ、北条殿の真似をしたんですよ。

陣八　バカ。

雷太　じゃ、そろそろ帰るか。

ユカリ　帰るって、どこへ？

雷太　騎一郎の家へ。俺たちは、毎年、年末に集まることにしているんだ。それが約束なんでな。

陣八　死ぬも一緒、生きるも一緒。

騎一郎　まあ、年末以外はバラバラなんですけどね。
ナオ　(雷太に)あんた、今はどこに住んじょるん?
雷太　鳥取の境港だ。しかし、もう五年も暮らしたから、そろそろ他へ移ろうかと思ってる。
ナオ　ウチには会いに来てくれんの。
雷太　下関には毎年行ってるからな。気が向いたら、呼び鈴を鳴らそう。
ナオ　待っちょるけえ、来年も。再来年も。
雷太　俺は武士だ。約束は必ず守る。
騎一郎　行きますか、北条殿。
雷太　ナオさん、だったな。
ナオ　なんね、北条さん。
雷太　俺のこと、昔と全然変わらないって言ったな。しかし、あんただって変わらないよ。全然変わらないよ。
ナオ　お世辞でもうれしいっちゃ。
雷太　何かあったら、必ず助けに来る。じゃあな。

雷太・陣八・騎一郎が去る。

こずえ　よかったね、おばあちゃん。北条さんに会えて。
ナオ　あの人、ずっとウチのそばにおったんじゃね。ウチが気づかんかっただけなんじゃね。

こずえ　さあ、私たちも花屋さんへ帰ろう。帰って、パーティーをやろうよ。今夜はクリスマス・イブなんだから。
ユカリ　思い出した。
こずえ　どうしたの、ユカリ？
ユカリ　あの人に、いつ、どこで会ったか、思い出したのよ。あれは、放課後の校庭。お父さんとお母さんが事故で死んで、すぐよ。
こずえ　ご両親が亡くなったのって、いつだっけ？
ユカリ　小学校五年の時。
こずえ　そうか。だから、あの人、五年の時って言ったのね？
ユカリ　私、毎日、泣いてたのよ。学校へ行ってる間も、休み時間のたびに、鉄棒のところで泣いてたの。そうしたら、あの人が来て、いろんな話をしてくれた。五稜郭の話とか、山縣有朋の話とか。
ナオ　あんたを助けに来てくれたんじゃね？
ユカリ　私、あの時、思ったの。初めて会った人だけど、何だかとっても懐かしいって。

そこへ、拓也・牧野先生・鍋島教頭・小田切先生・永吉・歌子・健・真理子・ちよ子がやってくる。

十二人　平成七年十二月。三人は東京を去った。その時、大岡騎一郎は一五〇歳、遠山陣八は一五二歳。北条雷太は一六〇歳。しかし、私たちの目には、二十代から三十代にしか見えなかった。

彼らが去った後、私たちは何度も話をした。彼らが何者なのか。どこから来て、どこへ行ったのか。結論はいまだに出ない。が、誰かがいつか、こんな言葉を口にした。レインディア・エクスプレス。彼らはトナカイなのだ。年も取らず、死にもせず、何百年も何千年も、幸せを運び続ける。人は彼らに気づかない。しかし、彼らはこの世のどこかに必ずいるのだ。レインディア・エクスプレス。私たちは確かに出会った。確かに出会った。

十二人が椅子に座る。

遠くから鈴の音が聞こえる。

十二人が空を見上げる。空から、雪が舞い落ちる。それでも、十二人は空を見上げている。

〈幕〉

あとがき

『また逢おうと竜馬は言った』は、ウディ・アレンの映画『ボギー、俺も男だ！』を参考にしている。

僕は高校時代、映画が大好きで、演劇部（と体操部）に入っていたにもかかわらず、芝居よりも映画をよく見ていた。一年で百本近く見ていたと思う。当時はビデオなどなかったから、もちろん、映画館で。都心の名画座なら、二本立てが三〇〇円から五〇〇円で見られたので、試験前以外の週末は大抵、足を運んでいた。

僕が高校一年だったのが、一九七七年。記憶に間違いがなければ、『ロッキー』が公開された年だ。もちろん、僕も見に行き、感動し、家に帰るとすぐに片手腕立て伏せに挑戦した（男の子なら必ずやったはずだ）。が、シルベスター・スタローンのあのしゃべり方がどうにも気に入らなくて、今一つ夢中になれなかった。確かに、脚本・主演はスタローンだが、本当に凄いのは、監督のジョン・G・アビルドゼンだろうと思っていた。

同じ年に公開されたのが、『アニー・ホール』。監督・脚本・主演は、ウディ・アレンだ。地味な映画だったが、僕は『ロッキー』よりもはるかに感動した。ウディ・アレンはそれ以前にも何本か映画を撮っていたが、そのほとんどがお笑いで、映画作家としての評価はもう一つだった。僕も、それ以前の作品は全く見ていなかった。が、『アニー・ホール』はすばらしかった。僕という人間にとっては特に。

その年のアカデミー賞作品賞を受賞したから、作品としての完成度もそれなりに高かったのだろう。が、僕が感動したのは、完成度でもストーリーでも演技でもなかった。ウディ・アレンが演じる主人公の、キャラクターだった。彼の映画を見ている人ならすぐに思い浮かぶだろう。どの映画でも、彼は同じキャラクターを演じる。自分に自信がなくて、いつもオドオドしていて、そのくせ、自尊心は誰よりも高い。虚勢を張り、嘘をつき、でも結局はドジを踏んで、悲しい結末を迎える。

一言で言えば、ミスター・コンプレックス。世界中の誰よりも、自分が嫌い。『アニー・ホール』の中で、ウディ・アレンはヒロイン役のダイアン・キートンを好きになる（彼女の役名が、アニー・ホールなのだ）。が、彼は言う。彼女が僕みたいな男を好きになるはずがない。もし好きになったら、僕は彼女に幻滅するだろう。僕は、僕を好きになるような女は嫌いだ、と。

なんと強烈な自己嫌悪！　十六歳の僕には衝撃だった。僕みたいな人間が、海の向こうにもいるなんて！

一九七〇年代のハリウッドは、アメリカン・ニュー・シネマの全盛期だった。僕にとってのヒーローは、ダスティン・ホフマンやアル・パチーノやジーン・ハックマンやリチャード・ドレイファスだった。カッコ悪いヤツでもヒーローになれる（これを、アンチ・ヒーローと呼んだ）。それは、ジョン・ウェインなどの絵に描いたようなヒーローと比較して、とても素敵な夢だった。

しかし、ウディ・アレンははるかに上を行っていた。チビでハゲで近眼で、言葉はいつも吃りがち。アンチ・ヒーローが流行ってるといっても、ここまでひどいヒーローはいない。しかも、最後までヒーローにならない。最後までカッコ悪いまま。それなのに、胸を打たれる。この映画は一体何だ？

アメリカには、彼とよく似た人物がもう一人いる。スヌーピーで有名なコミックス『ピーナッツ』の主人公、チャーリー・ブラウンだ。彼はまだ子供だが、まさにミスター・コンプレックス。僕は小学六年の時に出会い、コミックスを全巻集めた。大学時代には、彼を題材にした作品まで書いた。それを、キャラメルボックスを旗揚げしてから書き直したのが、『不思議なクリスマスのつくりかた』という作品だ。

日本にもよく似た人物が一人いる。渥美清の寅さんだ。正直な話、映画館で見たことは一度もない。が、テレビでやった時は必ず見たので、何だか全部見ているような気がしている。寅さんは、相手が男性だったら、けっして弱気は見せない。が、自分が好きな女性の前に出ると、途端に借りてきた猫になる。その姿は、まぎれもなく、ミスター・コンプレックス。だからなのか、僕は彼がいとおしくてたまらない。

僕もコンプレックスの塊だった。大嫌いな自分とどう向き合うか。そのことに、いつも心を悩ませていた。そんな僕にとって、『アニー・ホール』は実に心に響く映画だった。主人公は、ヒロインに愛されたくて、必死でもがく。結局、最後は悲恋で終わるが。しかし、その必死さが本気であればあるほど、カッコ悪ければカッコ悪いほど、見る者の胸を打つ。その後、僕はウディ・アレンの映画を片っ端から見た。そして、『ボギー、俺も男だ！』と出会ったのだ。

主人公のウディ・アレンは、『カサブランカ』のハンフリー・ボガード（彼の愛称がボギーなのだ）に憧れている。ボギーのような男になりたいと願っている。だから、ボギーの真似をする。必死で。その姿はカッコ悪い。全然似合ってない。それなのに、いとおしい。こんな芝居が作りたい。でも、日本人なら、ボギーじゃないだろう。三船敏郎か？　石原裕次郎か？　僕の出した答えは、坂本竜馬だった。

『また逢おうと竜馬は言った』に限らず、僕の作品の主人公は、ほとんどと言っていいほど、コンプレックスを持っている。それは、僕がミスター・コンプレックスだからだ。僕がウディ・アレンや、チャーリー・ブラウンや、寅さんを愛する人間だからだ。ウディ・アレンが実際はどんな人かは知らない。が、彼と出会えたことを、僕はとても感謝している。こんな僕でも、何かできるかもしれないと思わせてくれたから。

『また逢おうと竜馬は言った』は、キャラメルボックスのアナザーフェイスの第一弾として、一九九二年の十月に上演された。アナザーフェイスは、キャラメルボックスが他劇団とのコラボレーションを通じて、異文化接触を図るというコンセプト。この時は、劇団ショーマから演出家と役者三人を招いて、それまでやったことのなかった、男優中心の芝居に挑戦した。

その後、一九九五年の八月から九月にかけて、キャラメルボックスのメンバーだけで再演。この本に収録したのは、二〇〇〇年の八月から九月にかけて行われる、再々演のバージョン。再演では女性だった小久保課長が、再々演では男性になった。これは出演する役者に合わせたためで、それ以外の書き直しはほとんどない。この文章を書いているのは二〇〇〇年の八月。稽古が先週、始まったばかり。本番までに、科白はさらに変わっていくだろう。

『レインディア・エクスプレス』は、キャラメルボックスのクリスマスツアーとして、一九九五年の十一月から十二月にかけて上演された。『また逢おうと竜馬は言った』と同じく、現代を舞台にした作品でありながら、幕末のテイストが加わっている。実は、主人公の北条雷太にはモデルがいる。誰にもわからないだろうから正解を書くが、なんと、寅さんなのだ。僕としては非常に気に入っている男なので、彼を主人公にした別の物語をいつかは書いてみたい。近い将来に必ず。

三十八にもなって、コンプレックスもないだろうとは思う。が、いくつになっても、心は休まらない。いつも不安で揺れている。自分に自信が持てない。本番初日は特に。しかし、最近は、そんな自分を楽しめるようになってきた。こんな気持ちになれるのは、芝居という道を選んだからだ。才能もないくせに。他の職業だったら、こんなスリルはきっと味わえなかった。

僕はもがき続ける。もがき続けるうちに、四十になり、五十になり、孫が生まれて「おじいちゃん」と呼ばれるようになるのだろう。それでいい。覚悟はできている。

二〇〇〇年八月六日、スピッツのニューアルバムを聞きながら、東京にて

成井　豊

『また逢おうと竜馬は言った』

上演期間	1992年10月10日～24日	1995年8月12日～9月28日	2000年8月31日～9月27日
上演場所	聖蹟桜ヶ丘アウラホール	新神戸オリエンタル劇場 福岡ももちパレス 高知県民文化ホール・グリーンホール 新宿シアターアプル	新宿シアターアプル 新神戸オリエンタル劇場

■CAST

岡本	上川隆也	今井義博	南塚康弘
竜馬	川原和久（劇団ショーマ）	上川隆也	岡田達也
ケイコ	大森美紀子	坂口理恵	田嶋ミラノ（客演）
本郷	近江谷太朗	岡田達也	大内厚雄
棟方	細山毅（劇団ショーマ）	西川浩幸	首藤健祐（客演）
時田	松野芳久	菅野良一	成瀬優和
石倉	町田久実子	岡田さつき	前田綾
小久保課長	佐藤吉司	大森美紀子	細見大輔
さなえ／千葉さな子	津田匠子	津田匠子	坂口理恵
カオリ	岡田さつき	明樹由佳	岡内美喜子
伸介		篠田剛	篠田剛
土方歳三	石橋祐（劇団ショーマ） 西川浩幸	篠田剛	佐藤雅樹（客演）

■STAGE STAFF

演出	高橋いさを（劇団ショーマ）	成井豊	成井豊
演出助手	石川寛美／岡田達也	白坂恵都子	真柴あずき／仲村和生
美術	キヤマ晃二	キヤマ晃二	キヤマ晃二
照明	黒尾芳昭	黒尾芳昭	黒尾芳昭
音響	早川毅	早川毅	早川毅
殺陣		佐藤雅樹	佐藤雅樹
照明操作	勝本英志	熊岡右恭，大島久美	熊岡右恭，勝本英志 森川敬子
スタイリスト		小田切陽子	小田切陽子
衣裳	BANANA FACTORY	BANANA FACTORY	BANANA FACTORY
大道具製作	C-COM	C-COM	C-COM
小道具	きゃろっとギャング	きゃろっとギャング	酒井詠理佳 きゃろっとギャング
舞台監督助手	今井義博	二本松武，江端ありか	桂川裕行
舞台監督	矢島健	矢島健，村岡晋	村岡晋

■PRODUCE STAFF

製作総指揮	加藤昌史	加藤昌史	加藤昌史
宣伝デザイン	ヒネのデザイン事務所＋森成燕三	ヒネのデザイン事務所＋森成燕三	ヒネのデザイン事務所＋森成燕三
宣伝写真	伊東和則	伊東和則	タカノリュウダイ
企画・製作	㈱ネビュラプロジェクト	㈱ネビュラプロジェクト	㈱ネビュラプロジェクト

上演記録

『レインディア・エクスプレス』

上演期間	1995年11月22日～12月25日
上演場所	名古屋テレピアホール 新神戸オリエンタル劇場 池袋サンシャイン劇場

■CAST

北条雷太	西川浩幸
朝倉ユカリ	大森美紀子
朝倉拓也	菅野良一
朝倉ナオ	坂口理恵
酒井こずえ	真柴あずき
牧野先生	岡田さつき
鍋島教頭	篠田剛
小田切先生	大内厚雄
池田永吉	南塚康弘
池田歌子	中村恵子
村上真理子	明樹由佳
村上健	岡田達也
大岡騎一郎	細見大輔
遠山陣八	今井義博
遠山ちよ子	遠藤みき子

■STAGE STAFF

演出	成井豊
演出助手	白坂恵都子
美術	キヤマ晃二
照明	黒尾芳昭
音響	早川毅
照明操作	勝本英志，立崎聖
振付	川崎悦子
スタイリスト	小田切陽子
衣裳	BANANA FACTORY
小道具	きゃろっとギャング
大道具製作	C-COM
舞台監督助手	山本修司
舞台監督	村岡晋

■PRODUCE STAFF

製作総指揮	加藤昌史
宣伝美術	GEN'S WORKSHOP ＋加藤タカ
宣伝デザイン	ヒネのデザイン事務所 ＋森成燕三
宣伝写真	伊東和則
企画・製作	㈱ネビュラプロジェクト

成井豊（なるい・ゆたか）
1961年、埼玉県飯能市生まれ。早稲田大学第一文学部文芸専攻卒業。1985年、加藤昌史・真柴あずきらと演劇集団キャラメルボックスを創立。現在は、同劇団で脚本・演出を担当するほか、テレビや映画などのシナリオを執筆している。代表作は『ナツヤスミ語辞典』『銀河旋律』『広くてすてきな宇宙じゃないか』など。

この作品を上演する場合は、必ず、上演を決定する前に下記まで書面で「上演許可願い」を郵送してください。無断の変更などが行われた場合は上演をお断りすることがあります。
〒164-0011　東京都中野区中央5-2-1　第3ナカノビル
株式会社ネビュラプロジェクト内
演劇集団キャラメルボックス　成井豊

CARAMEL LIBRARY Vol. 5
また逢おうと竜馬は言った

2000年9月5日　初版第1刷発行
2008年8月5日　初版第2刷発行

著　者　成井　豊
発行者　森下紀夫
発行所　論 創 社
東京都千代田区神田神保町2-23　北井ビル
tel. 03（3264）5254　fax. 03（3264）5232
振替口座　00160-1-155266
印刷・製本　中央精版印刷
ISBN4-8460-0183-0
©2000 Yutaka Narui

論創社◉好評発売中！

ある日，ぼくらは夢の中で出会う◯高橋いさを

高橋いさをの第一戯曲集．とある誘拐事件をめぐって対立する刑事と犯人を一人二役で演じる超虚構劇．階下に住む謎の男をめぐって妄想の世界にのめり込んでいく人々の狂気を描く『ボクサァ』を併録．　本体1800円

けれどスクリーンいっぱいの星◯高橋いさを

映画好きの5人の男女とアナザーと名乗るもう一人の自分との対決を描く，アクション満載，荒唐無稽を極める，愛と笑いの冒険活劇．何もない空間から，想像力を駆使して「豊かな演劇」を生み出す野心作．　本体1800円

八月のシャハラザード◯高橋いさを

死んだのは売れない役者と現金輸送車強奪犯人．あの世への案内人の取り計らいで夜明けまで現世に留まることを許された二人が巻き起す，おかしくて切ない幽霊物語．短編一幕劇『グリーン・ルーム』を併録．　本体1800円

バンク・バン・レッスン◯高橋いさを

高橋いさをの第三戯曲集．とある銀行を舞台に“強盗襲撃訓練”に取り組む銀行員たちの奮闘を笑いにまぶして描く一幕劇（『パズラー』改題）．男と女の二人芝居『ここだけの話』を併録．　本体1800円

極楽トンボの終わらない明日◯高橋いさを

“明るく楽しい刑務所”からの脱出行を描く劇団ショーマの代表作．初演版を大幅に改訂して再登場．高橋いさをの第五戯曲集．すべてが許されていた．ただひとつ，そこから外へ出ること以外は…….　本体1800円

煙が目にしみる◯堤　泰之

お葬式にはエキサイティングなシーンが目白押し．火葬場を舞台に，偶然隣り合わせになった二組の家族が繰り広げる，涙と笑いのお葬式ストーリィ．プラチナ・ペーパーズ堤泰之の第一戯曲集．　本体1200円

野の劇場 El teatro campal◯桜井大造

野戦の月を率いる桜井大造の〈抵抗〉の上演台本集．東京都心の地下深くに生きる者たちの夢をつむいだ『眠りトンネル』をはじめ，『桜姫シンクロトロン　御心臓破り』『嘘物語』の三本を収録．　本体2500円

ハムレットクローン◯川村　毅

ドイツの劇作家ハイナー・ミュラーの『ハムレットマシーン』を現在の東京/日本に構築し，歴史のアクチュアリティを問う極めて挑発的な戯曲．表題作のワークインプログレス版と『東京トラウマ』の二本を併録．　本体2000円

全国の書店で注文することができます．

論創社◉好評発売中！

LOST SEVEN○中島かずき

劇団☆新感線・座付き作家の，待望の第一戯曲集．物語は『白雪姫』の後日談．七人の愚か者（ロストセブン）と性悪な薔薇の姫君の織りなす痛快な冒険活劇．アナザー・バージョン『リトルセブンの冒険』を併録．　本体2000円

阿修羅城の瞳○中島かずき

中島かずきの第二戯曲集．文化文政の江戸を舞台に，腕利きの鬼殺し出門と美しい鬼の王阿修羅が繰り広げる千年悲劇．鶴屋南北の『四谷怪談』と安倍晴明伝説をベースに縦横無尽に遊ぶ時代活劇の最高傑作！　本体1800円

ソープオペラ○飯島早苗／鈴木裕美

大人気！　劇団「自転車キンクリート」の代表作．1ドルが90円を割り，トルネード旋風の吹き荒れた1995年のアメリカを舞台に，5組の日本人夫婦がまきおこすトホホなラブ・ストーリー．　本体1800円

法王庁の避妊法○飯島早苗／鈴木裕美

昭和五年，一介の産婦人科医の荻野久作が発表した学説は，世界の医学界に衝撃を与え，ローマ法王庁が初めて認めた避妊法となった．オギノ式誕生をめぐる荻野センセイの滑稽な物語．　本体1748円

絢爛とか爛漫とか○飯島早苗

昭和の初め，小説家を志す四人の若者が「俺って才能ないかも」と苦悶しつつ，呑んだり騒いだり，恋の成就に奔走したり，大喧嘩したりする，馬鹿馬鹿しくもセンチメンタルな日々．モボ版とモガ版の二本収録．本体1800円

越前牛乳・飲んでリヴィエラ○松村　武

著者が早稲田界隈をバスで走っていたとき，越前屋の隣が牛乳屋だった．そこから越前→牛乳→白→雪→北陸→越前という途方もない輪っかが生まれる．それを集大成すれば奇想天外な物語の出来上がり．　本体1800円

土管○佃　典彦

シニカルな不条理劇で人気上昇中の劇団B級遊撃隊初の戯曲集．一つの土管でつながった二つの場所，ねじれて歪む意外な関係……．観念的な構造を具体的なシチュエーションで包み込むナンセンス劇の決定版！本体1800円

カストリ・エレジー○鐘下辰男

演劇集団ガジラを主宰する鐘下辰男が，スタインベック作『二十日鼠と人間』を，太平洋戦争が終結し混乱に明け暮れている日本に舞台を移し替え，社会の縁にしがみついて生きる男たちの詩情溢れる物語として再生．　本体1800円

全国の書店で注文することができます．

論創社◉演劇書案内

俺たちは志士じゃない◯成井豊＋真柴あずき

演劇集団キャラメルボックス初の本格派時代劇．舞台は幕末の京都．新選組を脱走した二人の男が，ひょんなことから坂本竜馬と中岡慎一郎に間違えられて思わぬ展開に……．『四月になれば彼女は』を併録．　本体2000円

ケンジ先生◯成井 豊

キャラメルボックスが，子供と昔子供だった大人に贈る，愛と勇気と冒険のファンタジックシアター．少女レミの家に買われてやってきた中古の教師アンドロイド・ケンジ先生が巻き起す，不思議で愉快な夏休み．本体2000円

キャンドルは燃えているか◯成井 豊

タイムマシン製造に関わったために消された１年間の記憶を取り戻そうと奮闘する人々の姿を，サスペンス仕立てで描くタイムトラベル・ラブストーリー．『ディアーフレンズ，ジェントルハーツ』を併録．　本体2000円

カレッジ・オブ・ザ・ウィンド◯成井 豊

家族旅行の途中に交通事故で５人の家族を一度に失ったほしみと，ユーレイとなった家族たちが織りなす，胸にしみるゴースト・ファンタジー．『スケッチブック・ボイジャー』を併録．　本体2000円

また逢おうと竜馬は言った◯成井 豊

気弱な添乗員が，愛読書「竜馬がゆく」から抜け出した竜馬に励まされながら，愛する女性の窮地を救おうと奔走する，キャラメルボックス時代劇シリーズの最高傑作．『レインディア・エキスプレス』を併録．　本体2000円

年中無休！◯中村育二

さえない男たちの日常をセンス良く描き続けている劇団カクスコの第一戯曲集．路地裏にあるリサイクルショップ．社長はキーボードを修理しながら中山千夏の歌を口ずさむ．店員は店先を通った美人を見て……．　本体1800円

全国の書店で注文することができます．